AF219890

Kripo Heidlaufen 1

Waschraum der ungewollten Begegnungen

Bibliografische Information der Deutschen Nationalbibliothek: Die Deutsche Nationalbibliothek ver-
zeichnet diese Publikation in der Deutschen Natio-
nalbibliografie; detaillierte bibliografische Daten
sind im Internet über dnb.dnb.de abrufbar.

2. Auflage

Umschlaggestaltung: Christian „Rorschachhamster"
Sturke und Susanne Gripp

Verlag: BoD · Books on Demand GmbH, Überseering
33, 22297 Hamburg, bod@bod.de

Druck: Libri Plureos GmbH, Friedensallee 273, 22763
Hamburg

ISBN: 978-3-7543-1687-0

Danke Rainer, Danke Chisi

Vorwort:

Vielen Dank liebe Leserinnen und liebe Leser,
super, dass Sie sich für meinen ersten Krimi aus
der Serie „Kripo Heidlaufen" entschieden haben.
Wer meine Art zu schreiben kennt, der weiß bereits,
dass ich sehr viel Gefühl auf die einzelnen Charak-
tere verteile. Meine Protagonisten sind Menschen,
mit allem, was dazu gehört. Das Highlight bei dieser
Folge „Waschraum der ungewollten Begegnungen"
ist der interaktive Schluss. Irgendwann werden Sie
aufgefordert, sich zu entscheiden, ob Sie die Geschichte knall hart und blutig zu Ende lesen möchten
oder aber ohne allzu großes Herzrasen etwas glück-
licher zum Schluss bringen wollen. Dieses interaktive Ende ist als einmalige Aktion in Zusammenhang
mit den Folgen der „Kripo Heidlaufen" geplant.
Weitere Folgen befinden sich noch in ihrer Anfangs-
phase.

Seien Sie mit mir zusammen gespannt, welche Bü-
cher aus welchen Genres dann tatsächlich als nächstes veröffentlicht werden.

Liebe Grüße und alles Gute.

Susanne Gripp

Autorin
Querbeet durch die Genres

Kripo Heidlaufen 1

Team:

Soko EKZ-Nord, 9 Personen, 4 davon Innendienst

Christian Kraufer, Hauptkommissar, 2,5 Jahre vor Pensionierung, Ehefrau Sabine, Tochter Nele

Andrea Meiller, Oberkommissarin, 42 Jahre alt, 14 jähriger Sohn Alex

Fritz Marster Kommissar

Martin Simmels, Oberkommissar

Marianne Falkenstein, Kommissarin, ledig

Piet

Juliane Stedtner, Polizeikommissarin

Innendienst, Lilian Meyer, Polizeikommissarin

Innendienst, Anna Becker

……………………………………………………………………………

Rosa Roggenpohl, Psychologin

Müller, Polizeiobermeister (POM)

Klaus ? und Detlef Maus von der Spurensicherung

Marc und Sven aus der Rechtsmedizin

Viel Spaß und
Spannung beim
Lesen

Tauchen Sie ab in die Welt der Kripo Heidlaufen, und werden Sie Teil des Ermittlerteams.

Es kommt der Zeitpunkt, an dem Sie sich entscheiden werden, ob Sie die Herzschlagvariante oder einen leicht gemäßigten Schluss bevorzugen.

Waschraum der ungewollten Begegnungen

Mitte Dezember Zweitausendsechzehn in einem total überfüllten Ladengeschäft zu sein, lässt mich etwas zögern, aber dennoch auch neugierig werden. Zur kurzen Erklärung, ich heiße Sarah Mirkowsky, bin am neunundzwanzigsten Mai neunzehnhundertdreiundachtzig in Heidlaufen geboren, voll berufstätig als freie Handelsvertreterin für eine angesehene Firma im Schreibwarenbereich. Meistens bin ich gut gelaunt, allerdings bin ich zur Zeit mal wieder Single, das möchte ich schnellstmöglich ändern. Mit dreiunddreißig tickt meine biologische Uhr doch schon etwas schneller, als es mir lieb ist. Ich habe mir vorgenommen, genau hinzuschauen, damit ich keine Möglichkeit einer eventuellen großen Liebe verpasse. Hier gibt es eine Menge potentieller Eheanwärter, nur ob mir davon überhaupt auch nur ein einziger wirklich gefällt, wird sich gleich zeigen. Ich bin gespannt und freue mich auf einen abwechslungsreichen Nachmittag. Eine meiner Lieblingsbeschäftigungen ist das Einkaufen in einem echten Laden. Natürlich bin ich auch online unterwegs, aber es ist doch schöner, die Weihnachtsgeschenke persönlich auszusuchen, sie zu riechen und auch anzufassen, um die Qualität zu überprüfen. Außerdem liebe ich das ganze Drum-Herum. Gerade habe ich noch einen großen Kaffee beim Bäcker getrunken und dabei ein bisschen die zu dieser Jahreszeit oft gestresst wirkenden Menschen beobachtet. Ich freue mich schon darauf, mich gleich in das Getümmel zu stürzen. Auf dreieinhalbtausend Quadratmetern werden hier alle erdenklichen

Präsentwünsche erfüllt. Das Gute an diesem riesigen Laden ist, dass ich hier für alle etwas Schönes zu Weihnachten bekommen werde, da bin ich mir sicher. Das hat die letzten Jahre auch mehr oder weniger gut funktioniert, zumindest habe ich für jedes Familienmitglied ein Geschenk besorgen können. Es gibt zusätzlich noch mehrere kleinere Läden und Essensbereiche in diesem Zentrum. Ich fange jedoch erst einmal in meinem großen Lieblingsladen an. Diese Massen von Menschen, welche sich auch heute wieder durch die Abteilungen drängeln, lassen mich dann doch etwas erschrecken. Ich denke an den Sommer und die Blumenwiese am Haus meiner Eltern. Das ist das Stichwort, denke ich und bewege mich langsam durch die Kosmetikabteilung zu den Düften. Hier drängeln sich ungefähr ein halbes Dutzend Herren auf der Suche nach dem richtigen Duft für ihre Geliebten oder auch geliebten Ehefrauen, wer weiß das schon so genau, denke ich und stehe vor dem Regal mit Gol-Sinder-Produkten. Seit Jahren schenke ich meiner Mutter immer das gleiche Parfüm, leicht süßlich, vanillig duftend. Manchmal nehme ich noch ein Duschgel dazu, für dieses Weihnachten möchte ich allerdings eine passende Körpercreme verschenken, meine Mama wird sich darüber freuen. Mein kleines Körbchen füllt sich zusehends, ein paar Schminkutensilien für mich habe ich auch zu den Weihnachtsgeschenken dazu gepackt. Für meinen alten Vater, er wird nächstes Jahr immerhin schon sechzig Jahre alt, habe ich vor, in der Pralinenabteilung fündig zu werden. Bevor ich mich auf den Weg zu den Süßigkeiten mache, muss ich die Kosmetik bezahlen, da es in dieser Abteilung eine Extra-Kasse gibt. Nun stehe ich hier und warte, während sich meine Blase meldet. Hätte ich doch nur beim Bäcker nicht diesen großen Kaffee getrunken! Egal, ich muss jetzt durchhalten und erst bezahlen, danach noch schnell die Pralinen besorgen, und dann kann ich die Toilettenräume im Untergeschoss aufsuchen. Hinter mir steht ein unsympathischer drängelnder Mann. Absolut kein Mann, den ich näher kennen lernen möchte, sein Parfüm erinnert mich jedoch an einen meiner Exfreunde. Jetzt muss ich grinsen, vielleicht ist er mir ja deswegen so unsympathisch. Nein, denke ich, er kommt mir zu nah, und halte krampfhaft meine Handtasche fest, man hört ja so einiges. Erst gestern stand wieder in der Zeitung, dass gleich drei Frauen in der Fußgängerzone die Geldbörsen aus deren verschlossenen Handtaschen gestohlen worden seien. In diesem Moment tritt er mir von hinten auf meinen linken Schuh. Fast zeitgleich drehe ich mich wütend um, und er stammelt „Entschuldigung, ich habe es eilig." Das lasse ich mir natürlich nicht bieten. Ich spüre, wie sich meine Stirn runzelt und meine Augen sich verkleinern, als ich antworte: „Das ist noch lange kein Grund so zu drängeln. Halten Sie Abstand!" Ich drehe mich wieder nach vorn um, ohne ihn noch eines Blickes zu würdigen. Eine trotz des ganzen Stresses immer noch entspannt wirkende Verkäuferin lächelt mich an und nimmt mir mein Einkaufskörbchen ab. „Endlich", denke ich und strahle sie an. Ich zahle mit Karte und wundere mich ein wenig über den Betrag. Mit hundert Euro habe ich gerechnet, aber hundertneunund-dreißig sprengt schon fast den Rahmen, da noch vier andere Geschenke gekauft werden wollen. Mittlerweile muss ich dringend auf die Toilette und frage mich, ob ich jetzt gleich zu den Waschräumen herunter gehen soll oder erst noch in die Süßigkeiten-Abteilung. Wenn ich die Pralinen schnell noch kaufe, kann ich dieses Stockwerk abhaken, denke ich und bin schon auf dem Weg zu den Süßigkeiten. Auch in dieser Abteilung sehe ich eine Extra-Kasse, das war mir vorher gar nicht bewusst gewesen, dass man hier auch gleich bezahlen muss. Ich strahle trotzdem, denn der Blick auf den großen Pralinentresen lässt keine andere Form der Mimik zu. „Bitte ein Kilogramm von diesen hier", ich zeige auf das Luxussortiment, während sich unmittelbar der Speichel in meinem Mund ansammelt. Ich muss schlucken und antworte auf die Frage, welche Pralinen sie denn genau einpacken dürfe, nur kurz angebunden: „Gemischt bitte." Auf Nachfrage entscheide ich mich für einen kleinen Präsentkarton, so werde ich die Pralinen dann sicherlich unbeschadet nach Hause transportieren können. Ich kann nicht anders und füge noch hinzu: „Bitte noch ein Paket Apfelringe in Vollmilchschokolade und fünf Einzelpralinen in der Tüte. Ich deute erst auf eine Erdbeere in Zartbitter, dann auf das Marzipan mit Walnuss und zum Schluss noch drei kleine Nougat-Krokant-Happen. Ich freue mich, obwohl mir in diesem Moment bewusst wird, dass ich, wenn ich mich jetzt nicht unverzüglich zu den Waschräumen aufmache, ein ernsthaftes Problem bekommen werde, und ich gehe schneller, als es der Platz zulässt. Nun bin ich diejenige, welche drängelt. Ich habe wahrhaftig Angst, bald in die Hose zu machen, wenn ich nicht schnellstmöglich eine Toilette finde. Ich erinnere mich, dass in diesem Kaufhaus die Toiletten immer extrem ansprechend waren. Es gibt hier sehr nette Frauen, welche sich gewissenhaft um die Sauberkeit der Waschräume kümmern. Ich gehe schneller, folge den WC-Hinweisschildern und biege um die Ecke mit Blick auf den Eingang zu den Waschräumen. Eine Dame des Reinigungspersonals kommt gerade heraus und bemerkt sofort, dass es bei mir dringlich zu sein scheint. Sie hält mir die Tür auf: „Die Vier ist gerade ganz frisch. Ich bin in ein paar Minuten wieder da." „Danke!", rufe ich ihr zu, während ich schnellen Schrittes zur Kabine Nummer Vier eile. Es riecht ganz zitronig und ich schmeiße meine Einkaufstüten so sanft wie möglich auf den Boden und hoffe, dass meine Blase diese fünf Sekunden jetzt auch noch wartet, um sich zu entleeren. Ohne Bedenken setze ich mich auf die Toilettenbrille und lasse den Niagarafällen freien Lauf. Es hört überhaupt nicht wieder auf, und ich muss lachen. Aus einer der anderen Kabinen höre ich eine Frau schimpfen, offenbar hat ihre Tochter keine Geduld mehr, auf die Mutter zu warten und würde am liebsten alleine die Spielzeugabteilung aufsuchen. Die Frau erteilt ein klares Verbot, und das Kind fängt an lautstark zu schimpfen. Von der Stimme her schätze ich die Nervensäge auf zehn bis elf Jahre. Jetzt beleidigt sie ihre Mutter sehr unschön, doch anstatt zu schimpfen, entschuldigt sich die Mutter, dass es so lange dauert. Ich bin mir sicher, dass ich meine Kinder besser erziehen werde. Da fällt mir wieder ein, dass es langsam Zeit wird, den passenden Partner für meine zukünftige

Familie zu finden. In der Kabine neben mir rumpelt es, und jemand stöhnt. Ich beschließe diesen Raum umgehend wieder zu verlassen und freue mich schon sehr auf die Porzellanabteilung des Geschäftes. Bevor es zurück in den Vorflur geht, verharre ich einen Moment an den Waschbecken. Ich wasche mir gründlich die Hände. Bei einem Blick in den Spiegel bemerke ich, dass mein Makeup eine leichte Auffrischung gut vertragen kann. Dabei bin ich nicht so zimperlich, es darf gerne ein bisschen mehr Farbe sein. Aus dem Vorflur höre ich laute Stimmen, offenbar scheint es dort einen Streit zu geben. Ich beschließe, mich in aller Ruhe zu schminken, und hoffe darauf, dass danach vor dem Eingang zum Damenwaschraum wieder Ruhe einkehrt und ich unbehelligt zurück in den Laden komme. Aus dem Augenwinkel bemerke ich beim Blick in den Spiegel, dass eine ältere Dame den Raum verlässt, ohne sich die Hände zu waschen, das finde ich nicht gut, immerhin fasst sie gerade die Türklinke an, welche ich auch noch benutzen will. Zwei junge Mädchen haben sich inzwischen neben mich gestellt und reden laut und aufgeregt von super süßen Jungs. Ich verberge mein Grinsen und schüttele meine Haare auf. Ich halte mich jetzt wieder für gut gestylt und durchaus attraktiv. Dann verlasse ich den Waschbereich. „Was ist hier denn los?", frage ich entsetzt, als ich mich in die Menschenmenge einreihe. „Die Tür ist verschlossen, wir kommen nicht mehr hinaus." Ich schaue mich genauer um, die Herrentoilette geht ebenfalls von diesem Vorflur ab. Alle Personen, egal ob weiblich oder männlich, müssen an den Tischen des Reinigungspersonals vorbei. Ich drängle mich vor bis zur Tür zum Ladenbereich und muss entsetzt feststellen, dass die schwere Eisentür keinen Millimeter nachgibt. „Haben wir doch gesagt, sie ist verschlossen", meint ein etwa fünfundfünfzigjähriger älterer Herr, während er seine buschigen Augenbrauen dabei hochzieht. „Wie kann das denn sein?", frage ich fast schon panisch, während ich merke, dass mir die Röte ins Gesicht steigt. Ein anderer Mann, offenbar geschäftlich unterwegs, seine Kleidung deutet darauf hin, erklärt: „Das Reinigungspersonal ist nicht anwesend. Die Dame hätte bestimmt einen Schlüssel. Wir haben vorhin eine Art Sirene hören können". Langsam dringen die nörgelnden Laute eines Mädchens bis zu meinem Gehirn durch. Bis dahin hatte ich diese freche und durchdringende Stimme der kleinen Göre einfach überhört. Als ich auf Toilette saß, hatte ich diese Stimme ja schon wahrgenommen und als äußerst lästig empfunden. Nun kann ich mir das Mädchen sowie seine Mutter anschauen. Wie schon vermutet, schätze ich sie immer noch auf etwa zehn Jahre. Einen weißen Pullover mit rosa Glitzer-Einhorn trägt sie, während ihre Mutter viel netter aussieht, als ich sie mir vorgestellt habe. Vom Alter her schätze ich sie auf etwa fünfunddreißig Jahre, sportlich gekleidet, dezent, aber super geschminkt. „Können Sie ihrer Tochter bitte sagen, dass sie den Mund halten soll! Ich laufe sonst Amok!" Ich erschrecke bei dem Wort Amok, obwohl der eigentlich gutaussehende, schon etwas ältere Mann ja Recht hat, denke ich. Wie sollte es anders kommen, die Mutter entschuldigt sich für ihre Tochter. Danach sehe ich aber zum ersten Mal, dass sie der Kleinen einen nicht ganz so freundlichen Blick zuwirft, worauf das Mädchen tatsächlich erschrickt und für den Moment den Mund hält. Ich atme auf und begebe mich in den durch eine Kordel gesicherten Bereich des Personals. Die Blicke der anderen Anwesenden ruhen auf mir und verunsichern mich. Ich habe das Gefühl mich erklären zu müssen. „Ich will schauen, ob in dieser kleinen Schublade hier", ich rüttele an einer der beiden Schubladen unter den Tischen, „vielleicht ein Notschlüssel versteckt ist. Sie ist verschlossen." Ich versuche die zweite Schublade unter dem gegenüberstehenden Tisch zu öffnen und habe Glück. Die Lade lässt sich aufziehen, doch der Inhalt besteht leider nur aus einem Paket Taschentüchern, einem Block und einem Kugelschreiber, sonst nichts. Enttäuscht schließe ich die Lade wieder. Alle starren mich an, und ich werde immer nervöser. Theoretisch habe ich mich wesentlich cooler eingeschätzt, jetzt merke ich, wie schwach und unbeholfen ich doch bin. Das ärgert mich, und ich beschließe an mir zu arbeiten, sobald diese unangenehme Situation überstanden ist. Es bleibt mir nichts anderes übrig, als um Hilfe zu bitten, da ich die verschlossene Schublade leider nicht öffnen kann, und frage in die Runde, ob einer der Herren dazu in der Lage wäre. Ein großer, etwas finster dreinblickender Kerl drängelt sich, ohne ein Wort zu sagen, an mir vorbei, nur ein paar Sekunden später hören wir ein lautes Knacken, danach hält er die Schublade in den Händen und entleert deren Inhalt auf einem der beiden Tische. Eine Rolle Fünfzigcentstücke, ein paar beschriebene Zettel sowie eine Telefonliste kommen zum Vorschein, leider aber kein Schlüssel. Unsere

Handys haben alle samt keinen Empfang, worüber ich mich sehr ärgere. Mein neues Smartphone war schweineteuer, ich habe es mir samt einiger Extras gegönnt, damit ich überall Empfang habe. Empfang haben aber auch weder die iPhones der Mädchen noch alle anderen Handys. Die beiden Teenies wollen nach einem eventuellen Fenster im Toilettenraum der Damen schauen, während der „Amokläufer", wie ich ihn ganz im Stillen in meinen verborgenen Gedanken nenne, in der Herrentoilette ebenfalls nach einer Luke oder einem Notausgang Ausschau halten will. Keine zehn Sekunden später hören wir einen lauten schrillen und panischen Schrei aus der Damentoilette. Der große, finstere Mann, stürmt daraufhin, gefolgt von dem Anzugträger, in den Damenbereich. Ich schaue verunsichert zu der Mutter mit ihrer Tochter, sie umklammert ihr Kind und ist offenbar in eine Art Schockstarre verfallen. Der mit den buschigen Augenbrauen ist ebenfalls stehen geblieben und rührt sich nicht vom Fleck. Aus seiner Mimik werde ich nicht schlau. Maximal eine Minute später halte ich diese Ungewissheit nicht mehr aus und folge den Herren in den Damenwaschraum. Die Teenies stehen vor einem Waschbecken und liegen sich in den Armen, eine von ihnen schluchzt bitterlich. Ich will wissen, was Sache ist, und öffne die Tür zum Toilettenbereich. Der Herr im Anzug schreit mich an: „Raus hier!" Ich weiche zurück und schließe die Tür. Doch ich habe etwas gesehen, mein Herz schlägt so schnell, dass ich kaum mehr atmen kann. Ich gehe in die Knie und schnappe nach Luft. „Sie ist tot, ich habe ihre Augen gesehen", schluchzt das Mädchen mit den halblangen braunen Haaren. Ich erhebe mich langsam wieder. „Was machen wir denn jetzt? Konntet ihr etwas erkennen? War es ein Unfall?", frage ich. Der blonde Teenie dreht sich zu mir um. „Woher sollen wir das wissen? Wir haben nur die Augen und das Blut gesehen. Es ist alles voller Blut. Wir ..." Ihre Stimme versagt. Ich entschuldige mich, älter als sechzehn scheinen die beiden nicht zu sein. Also noch viel zu jung für diese schlimme Situation, denke ich. Ich reiße mich zusammen und erinnere mich an die vielen Krimis, welche ich schon mit Begeisterung gesehen habe. Warum lasse ich mir den Blick in den Toilettenbereich eigentlich verbieten? Ich muss wissen, ob die beiden Männer von der Kripo oder zumindest von der Polizei sind. Falls nicht, haben sie ebenfalls nichts zu suchen bei der Leiche. Mir wird richtig schlecht, ich habe immer gedacht, dass ich etwas cooler bin, da scheine ich mich nun endgültig getäuscht zu haben. Mein Puls rast, vor den Mädchen ist es mir schon fast peinlich, aber ich muss mich für einen Moment erneut hinknieen. Die Tür öffnet sich und die beiden Männer kommen aus dem Toilettenbereich der Damen wieder heraus. Der Herr im Anzug redet behutsam und gar nicht aggressiv auf uns ein: „Es ist etwas Schreckliches passiert. Um keine Spuren zu verunreinigen, dürfen wir die Damentoiletten nicht mehr betreten. Kommt mit zu den Anderen, wir müssen alle gemeinsam reden!"

Im Vorflur ist es bedrückend eng, zusammen beschließen wir in den Waschraum der Herren zu gehen, dort ist wesentlich mehr Platz. Mr. Amok kommt in diesem Moment aus der Herrentoilette und hat einem Mann den Arm auf dessen Rücken verschränkt. Der Fremde stöhnt und schimpft laut. Während ich ihn mir genauer betrachte, bemerke ich, dass ich ihn bereits kennengelernt habe, und zwar in der Parfumabteilung. Es handelt sich um den unsympathischen Drängler. „Den habe ich auf einer der Toiletten entdeckt. Er hat sich dort versteckt und behauptet, Verdauungsstörungen zu haben. Ich habe aber keinerlei Gerüche diesbezüglich wahrgenommen." Ein Raunen geht durch den Raum, und der gefangene Kerl versucht sich zu erklären. „Lassen Sie mich los, ich bin unschuldig. Und überhaupt, warum darf ich denn nicht in Ruhe auf die Toilette gehen? Ich zahle ja schließlich dafür. Ich habe Verstopfungen und keinen Dünnschiss!" „Lass ihn sofort los!", brummelt der Große. „Danke", sagt der Drängler etwas schmerzverzerrt, nachdem der Andere ihn losgelassen hat. „Was ist hier denn eigentlich los?", fragen die beiden aus der Herrentoilette gekommenen Männer nun fast zeitgleich. Der Anzugträger übernimmt das Reden. „Wir haben in der Damentoilette leider eine Leiche gefunden. Da die Tür zum … „ Weiter kommt er nicht, das Mädchen fängt jetzt laut an zu weinen. An irgendwen erinnert mich der Anzugträger, aber ich kann mich nicht konzentrieren, und es fällt mir schwer nachzudenken. Jetzt versucht die Mutter, ihre Kleine zu beruhigen, und zum ersten Mal tut sie mir nun sogar leid. Für kleine Kinder sind traumatische Erlebnisse schwer zu verkraften. „Was denke ich da eigentlich", frage ich mich, denn für mich selbst wird es sicherlich auch nicht leicht zu verkraften sein. Wenn diese blöde Tür zum Ladenbereich sich nicht bald öffnen lässt, bekomme ich eine heftige Panikattacke, denke ich und merke, wie mir wieder die Röte in das Gesicht steigt. Das Mädchen verstummt, und der Herr erzählt weiter. „Nun, da sich die Tür zum Ladenbereich immer noch nicht öffnen lässt, müssen wir darauf vertrauen, dass uns von außen bald jemand zu Hilfe kommen wird und die Tür öffnet. Dann dürfen wir eines nicht außer Acht lassen", er atmet tief durch, bevor er weiter spricht. „Wir sind alle tatverdächtig. Einer von uns", er zählt alle Anwesenden auf, die Mutter mit ihrem Kind, die beiden Teenies, mich, den Drängler mit den Verdauungsproblemen, den Amokläufer, den großen Kerl, den mit den buschigen Augenbrauen sowie sich selbst. „Von uns zehnen ist ein Mörder!" Ohne zu überlegen behaupte ich lautstark: „Es kann auch jemand anderes gewesen sein, ich habe eine etwa sechzigjährige Frau in einem dunkelblauen Mantel im Waschraum gesehen. Vielleicht war die Tür zum Ladenbereich noch offen, als sie verschwand." Ein Raunen geht durch den Raum, und die Blicke des großen, starken Kerls treffen sich mit denen des Anzugträgers. Mir zugewandt fährt er mit seiner Rede fort. „So, dann haben Sie die Ermordete also als letzte lebend gesehen, …" „Nein", unterbreche ich ihn, „zuletzt muss sie dann wohl der Mörder gesehen haben. Ich sah sie in Richtung Vorflur den Waschraum verlassen. Sie müssen sie dort doch gesehen haben." Meine Stimme klingt unsicher, und die zu erwartende Panikattacke kündigt sich immer deutlicher an. Alle Anwesenden behaupten, die Frau in dem blauen Mantel nicht gesehen zu haben. Ich bin mir jedoch sicher, dass sie in den Vorflur ging.

Der Anzugträger übernimmt wieder das Wort. „Wenn Sie tatsächlich die Wahrheit sagen, dann müsste die Frau wieder zurück in den Waschraum gegangen sein. Hätten Sie das dann nicht auch bemerken müssen?", sagt er mit einem bedrohlichen Unterton und kommt mir dabei deutlich zu nah. Sein Hemd hat einen falschen Knopf am Kragen, das irritiert mich. Noch etwas fällt mir unangenehm auf, denn seine linke Hand war offenbar früher einmal tätowiert, ich kann die Laserspuren der Farbentfernung erkennen. Trotzdem habe ich das Gefühl, mich rechtfertigen zu müssen. „Was ist denn, wenn ich schon auf dem Flur war, als die Frau wieder zurück zu den Toiletten gegangen ist? Ich bin doch ziemlich schnell zu den Tischen des Personals gegangen und habe versucht, die Schubladen zu öffnen. Vielleicht ist die Frau in diesem Moment wieder zurück in den Damenbereich gelangt." Ich schaue zu den Tischen des Personals und sehe meine Einkaufstüten auf dem Boden stehen. „Meine Einkaufstüten stehen ja sogar noch dort!", sage ich aufgebracht und gehe erneut in den Personalbereich und schnappe mir meine Taschen. Erst jetzt bemerke ich einen Kittel des Reinigungspersonals an der Wand zwischen den beiden Tischen hängen. Der war mir vorhin leider gar nicht aufgefallen. Ich kämpfe mit den Tränen und kann mich nur schwer zusammenreißen, trotzdem versuche ich jede anwesende Person mit meinen Blicken abzuscannen. Mir ist bewusst, dass ein Mörder unter uns weilt. Dazu habe ich genug Filme geschaut, um zu wissen, dass der erste Mord immer der schwierigste ist, die eventuell danach noch kommenden

Gewaltverbrechen sind oft nur Kollateralschäden. „Hier hängt ein Kittel, ich schaue mal in die Taschen", sage ich laut und deutlich. „Leer, leider." Der Anzugmann bittet mich zu schauen, ob es eine Innentasche gibt. Als ich den Kittel vom Haken nehme, kommt ein großer roter Knopf zum Vorschein. Das ist offensichtlich gar kein Haken, sondern wahrscheinlich ein Notfallknopf, das wird in diesem Moment nicht nur mir bewusst. „Drück drauf", höre ich gleich mehrfach. Ohne groß nachzudenken tue ich das dann auch, und die schwere Eisentür entriegelt sich mit einem lauten Geräusch. Alle stürmen an mir vorbei in den Ladenbereich, der Anzugmann vorweg. Niemand interessiert sich mehr für den anderen, alle wollen einfach nur noch die Waschräume verlassen und weit weg von dieser bedrohlichen Situation sein. Die Nerven scheinen nicht nur bei mir sehr angegriffen zu sein. Kein Wunder, bei dem Gedanken an die Leiche im Nebenraum und einem Mörder unter uns. Wir machen uns im Gänsemarsch auf zum Verkaufsbereich. „Sollten wir nicht auf die Polizei warten?", rufe ich von hinten, und bis auf die Mutter mit ihrer Tochter und den großen Kerl bleiben alle einen Moment stehen. „Nein, wir wollen nach Hause", sagt das blonde Mädchen. Der Herr im Anzug ruft zurück, dass er umgehend die Polizei informieren wird, und zückt sein Handy. Der Drängler drückt mir einen Zettel mit seiner Telefonnummer in die Hand und geht dann dem Anzugträger schnellen Schrittes hinterher in Richtung des Ladenbereichs. Ich tue so, als wolle ich telefonieren und gehe in meinen Nachrichten-Account. Dort steht mein Bruder Robert ganz oben, da er mir offenbar vor kurzem geschrieben hat. Ich öffne den Chat und drücke die Aufnahmetaste meines Handys. Mir ist bewusst, dass das gefährlich ist, aber so kann ich alle, zumindest von hinten filmen. Die Mutter und ihre Tochter sind schon um die Ecke gebogen und müssten jetzt im Ladenbereich angekommen sein, denke ich, als der Mitte Fünfzigjährige mit den buschigen Augenbrauen sich umdreht und auf mich zukommt. Ich bekomme Angst und lasse mein Handy in meiner Jackentasche verschwinden. „Geht es Ihnen gut?", fragt er mich. Seine Augen starren mich an, und mein Puls steigt erneut deutlich. „Ich könnte Sie nach Hause fahren, mein Auto steht auf dem Parkdeck Nummer Eins, gleich hier unten", sagt er bestimmend. Mir kommt das alles sehr merkwürdig vor, dass niemand bereit ist, auf die Polizei zu warten. „Wollen Sie nicht auf die Polizei warten?", frage ich ihn. „Nein, ich habe noch Termine heute. Eine Weihnachtsfeier, wissen Sie? Es wird mir gut tun, auf andere Gedanken zu kommen." Jetzt zieht er seine Augenbrauen wieder hoch, diesmal lächelt er dabei und fragt mich, ob ich nicht mitkommen möchte zu seiner Weihnachtsfeier. Mir wird ganz anders, die anderen sind fast außer Sichtweite, und ich bin kurz davor zu schreien, als hinter uns eine Stimme ruft. „Halt! Was machen Sie denn da? Das Gebäude ist evakuiert." Ein Feuerwehrmann kommt auf uns zu, während er mit seinem Funkgerät offenbar seine Kameraden informiert. „In der Damentoilette liegt eine Leiche", sage ich, bevor mir schwarz vor Augen wird und ich das Bewusstsein verliere. Ich weiß nicht, wie lange es dauerte, bis ich wieder wach werde.

Neben mir liegt der Feuerwehrmann mit aufge-
schlitzter Kehle, und ich habe ein Messer in der Hand.
Erschrocken lasse ich es auf den Boden gleiten, mir
geht es nicht gut. Ich höre Stimmen, sehe aber nie-
manden. Jemand tätschelt meine Wange, offenbar ein
Sanitäter. „Sind Sie verletzt?", fragt er mich. „Ich weiß
nicht. Ich verliere das Bewusstsein." Ich merke noch,
dass ich mich übergeben muss, und drehe mich auf
die Seite, danach ist alles schwarz geworden. Ich wa-
che erst wieder auf, als ich eine laute Sirene höre. Man
hat mich auf einer Liege fixiert, es schaukelt, und ich
sehe eine Infusion über mir hängen. „Bleiben Sie ganz
ruhig. Wir sind auf dem Weg ins Krankenhaus, Sie
haben eine Stichverletzung im unteren Bauchbereich.
Können Sie mir Ihre Blutgruppe verraten?" „Null positiv", sage ich und spüre starke Schmerzen. „Das ist
gut, diese Blutgruppe ist auf jeden Fall vorrätig. Der
Operationssaal wird schon vorbereitet. Können Sie
sich erinnern, was genau passiert ist?" „In der Toilette
liegt eine Leiche", sage ich und fange an zu zittern.
„Bleiben Sie bei mir", sagt er und lächelt mich an. Ich
starre ihn an, für einen Moment bin ich abgelenkt,
doch die Schmerzen sind zu stark. Ich merke, wie sich
meine Augen mit Tränenflüssigkeit füllen. Erst jetzt
bemerke ich, dass wir uns nicht allein in diesem Krankenwagen befinden. Rechts neben meinem Kopf sitzt
eine junge Frau und telefoniert offenbar mit der Polizei. Das Reden fällt mir schwer, doch ich versuche zu
erklären. „Zehn, zehn Menschen waren wir, einge-
sperrt in der Toilette. Dann war da eine tote Frau. In
meiner Jackentasche ist mein Handy, ich habe versucht alle zu filmen." Die Sanitäterin schaut in meiner

24

auf meinen Beinen liegenden Jacke nach. „Hier ist kein Handy, nur eine Geldbörse und zwei Einkaufstüten." Sie schaut hinein und schüttelt daraufhin den Kopf. Ich habe das Gefühl, Fieber zu haben, und schwitze sehr stark. Die Schmerzen sind inzwischen so extrem, dass ich das Bewusstsein erneut verliere.

In kürzester Zeit hat sich eine Sonderkommission der Kriminalpolizei gebildet. Die Stadt Heidlaufen hat knapp über fünfundvierzigtausend Einwohner, und die Kriminalitätsrate ist in den letzten Jahren deutlich angestiegen. Dieser brutale Mord an dem angesehenen und beliebten Wehrführer Sven Beidenfeld wird die Bevölkerung noch lange beschäftigen und das Weihnachtsfest für viele Familien etwas beschwerlicher gestalten. Um so wichtiger ist es, diesen Fall so schnell wie irgend möglich abschließen zu können, und die Täter dingfest zu machen. Für die ermittelnden Beamten bedeutet dies höchstwahrscheinlich einige schlaflose Nächte und etliche Überstunden. Die „Soko EKZ-Nord" besteht aus neun Personen. Vier von Ihnen im dauerhaften Innendienst, sie sind unter anderem damit beschäftigt, die Aufnahmen der vielen Überwachungskameras zu sichten und auszuwerten. Der Datenschutz macht es schwierig, ohne richterliche Beschlüsse die Kundendaten der einzelnen Käufer überprüfen zu können. So ganz am Anfang ihrer Ermittlungen sind die Beamten auf möglichst viele und glaubwürdige Zeugenaussagen angewiesen. Doch diese Tatsache stellt das Team vor große Probleme, denn es haben sich tatsächlich nur die beiden Teenie-Mädchen, Marie Becker und die blonde Alice Deichler sowie der wortkarge, große Landschaftsgärtner Lutz Haberdet von sich aus bei der Polizei gemeldet. Diese drei Personen konnten wenigstens telefonisch einen ersten groben Ablauf der Ereignisse im Einkaufszentrum schildern. Es wird zeitgleich nach weiteren Zeugen per Radio- und sogar Fernsehaufrufen gesucht. Erfahrungsgemäß werden sich innerhalb der nächsten vierundzwanzig Stunden zwischen fünf und zehn Personen zum Tathergang melden. Dazu kommen eventuell auch noch einige eher unglaubwürdige Zeugen. Menschen, die sich nicht sicher sind, etwas gesehen zu haben oder im schlimmsten Fall auch jemand, der sich nur wichtig tun möchte. „Zumindest die Menschen, welche in den Toilettenräumen eingeschlossen waren, hätten sich eigentlich von sich aus melden müssen", meint die zweiundvierzigjährige, immer noch sehr gut aussehende Oberkommissarin Andrea Meiller und ärgert sich darüber, dass es in Deutschland keine Pflicht ist, als Augenzeuge am Tatort zu verweilen, bis die Polizei eintrifft. „Eine unsagbare Verschwendung von Steuergeldern und Zeit, die uns jetzt verloren geht auf der Suche nach dem oder den Tätern. Es kann Tage dauern, bis wir die meisten Beteiligten ermittelt haben." Der charmante, zweieinhalb Jahre vor der Pensionierung stehende Hauptkommissar Christian Kraufer stimmt seiner Kollegin Andrea zu, merkt jedoch an, dass es schon eine hauptverdächtige Person geben würde, welche sich allerdings in diesem Moment auf dem OP-Tisch befinde und frühestens am späten Abend verhört werden könne. Seine Kollegin Andrea Meiller ist skeptisch. „Ich kann das nicht glauben. Wenn ich mir die Aussagen der Sanitäter durchlese, glaube ich eher weniger, dass sie die Täterin ist. Irgend jemand muss ihr schließlich das Messer in den Bauch gerammt haben. Ich glaube kaum, dass sie sich selbst verletzt hat. Dass der Feuerwehrmann in Notwehr gehandelt hat, ist auch unwahrscheinlich. Wie hätte sie ihm mit dieser Verletzung noch die Kehle durchschneiden können?" Die Blicke der beiden Kommissare treffen sich. „Denkst du das Gleiche wie ich jetzt?", fragt Christian seine langjährige Kollegin. „Ja, wir müssen einen Wachposten vor ihre Zimmertür setzen. Es ist höchstwahrscheinlich, dass sie den oder die Täter identifizieren kann. Nur der Tatsache, dass sie vor ein paar Jahren schon einmal eine Operation im Bauchraum hatte, ist es zu verdanken, dass Sarah Mirkowsky noch lebt. Der Täter wird höchstwahrscheinlich im Besitz ihres Handys sein. Wir müssen ihr Umfeld unter die Lupe nehmen. Nicht ausgeschlossen, dass es sich um eine Beziehungstat handelt." Andrea Meiller schüttelt den Kopf und fährt fort. „Irgendetwas stimmt hier nicht, wir müssen das Team vergrößern. Lass uns eine kurze Besprechung anordnen!"

Zur gleichen Zeit im Krankenhaus.
Aus der Sicht von Sarah Mirkowsky:

Mir ist ganz komisch, und ich fühle mich schwach. Als ich die Augen öffne, fallen mir die Leiche und das ganze Blut wieder ein, und ich merke, wie mein Puls schneller zu schlagen anfängt. Offenbar liege ich in einem Krankenbett. Ich bekomme schwer Luft, alles tut mir weh. Rechts neben meinem Kopf fängt es an zu piepen, und ich versuche zu schreien, doch ich bin zu schwach und hauche nur ganz leise: „Hilfe! Hilfe!" Die Augen fallen mir immer wieder zu, da merke ich, wie sich die Zimmertür öffnet und zwei Personen in weißen Kitteln den Raum betreten. Ich schaue sie fragend an, zum Reden bin ich zur Zeit zu schwach. Ein Arzt stellt sich mir vor und erzählt, dass ich eine Stichverletzung im Unterbauch habe und in guten Händen bin. Ich soll mich beruhigen, es wird alles wieder gut. Ich frage mich noch, woher er das denn wissen will, bevor die Stimmen um mich herum immer leiser werden und vor meinen Augen alles schwarz wird.

Nur zehn Minuten später sitzen die Mitglieder der Sonderkommission Einkaufszentrum-Nord in einem der beiden kleinen Besprechungsräume des Kommissariats. Der erfahrene Hauptkommissar Christian Kraufer spricht bestimmt und deutlich zu seinen Kollegen. „Es läuft uns die Zeit davon. In diesem Moment gehen wir davon aus, dass Sarah Mirkowsky Zeugin der Morde oder zumindest des zweiten Mordes an dem Feuerwehrmann Sven Beidenfeld ist. Der Wehrführer hinterlässt drei kleine Kinder. Fritz und Martin, fahrt ihr zu seiner Familie und nehmt bitte Frau Roggenpohl zur psychologischen Unterstützung mit." Er trinkt einen Schluck Wasser und delegiert umgehend weiter. „Piet! Marianne und du, ihr werdet in die Klinik fahren und so schnell wie möglich mit unserer Hauptzeugin sprechen, danach bleibst du die ersten vier Stunden vor ihrem Zimmer, soweit das möglich ist, und hälst die Augen auf. Anschließend informierst du uns, und danach löst Polizeiobermeister (POM) Müller dich für die erste Nachtschicht ab. Was habt ihr bisher erreicht?" Polizeikommissarin Juliane Stedtner kommt mit einer überraschenden Erkenntnis: „Das Einkaufszentrum musste komplett evakuiert werden, da an zwei Stellen gleichzeitig Feueralarm gemeldet wurde. Es ist schon fast ein Wunder, dass mitten im Weihnachtsgeschäft keine Panik ausbrach. In der unteren Etage, im Bürotrakt des Zentrums, sowie oben im Ladenbereich, bei der Änderungsschneiderei Gülcan, brachen kleinere Feuer aus. Das ist sehr unwahrscheinlich, dass es sich hierbei um einen Zufall handelt. Das Management vermutet einen geplanten räuberischen Überfall auf den Gemeinschaftstresor der insgesamt vierundzwanzig Mietparteien des Einkaufszentrums. In der Vorweihnachtszeit ein lukratives Ziel für kriminelle Schwerverbrecher. Aufgrund dieser Tatsache hat die Managerin Frau Poch-Laret die Sicherheit Anfang November deutlich erhöht und ein zusätzliches Wachteam engagiert. Dieser Theorie folgend ist es jedoch völlig unverständlich, dass es keinerlei Anzeichen für einen versuchten Einbruch in den Sicherheitsbereich des Bürotraktes gegeben hat. Es sei denn, die mutmaßlichen Verbrecher haben sich zu dem Zeitpunkt in dem verschlossenen Toilettenbereich befunden und somit keine Chance auf die Umsetzung ihrer kriminellen Vorhaben gehabt. Das würde auch erklären, warum sich so viele Menschen einfach von den Tatorten entfernten, anstatt auf die Polizei zu warten. Hierzu möchte ich gleich Klaus von der

Spurensicherung befragen." Alle Anwesenden haben bis zu diesem Zeitpunkt gespannt zugehört und sich gegebenenfalls ein paar Notizen gemacht. Während der nun folgenden kurzen Unterbrechung verabschieden sich Fritz und Martin, um die Familie Beidenfeld mit Hilfe ihrer Kollegin Roggenpohl zu befragen und im schlimmsten Fall sogar erst einmal darüber informieren zu müssen, dass der Ehemann und Vater dreier Kinder einem Verbrechen zum Opfer gefallen sei. Marianne und Piet machen sich zeitgleich auf den Weg in die Klinik. Oberkommissarin Andrea Meiller bittet die beiden inzwischen eingetroffenen Beamten der SPUSI, sich zu setzen, doch sie verneinen und begeben sich direkt auf den Weg zur Informationswand. Mit ein paar gekonnten Handbewegungen zeichnet der erfahrene Detlef Maus eine Skizze des Einkaufszentrums und markiert alle relevanten Stellen farblich deutlich erkennbar. Jetzt sind der Toilettenbereich mit der darin befindlichen, noch unbekannten Frauenleiche ebenso gekennzeichnet wie der daran anschließende Flur, auf welchem man die verletzte Sarah Mirkowsky und den getöteten Wehrführer Jens Beidenfeld gefunden hat. Auch die beiden Feuerstellen werden farblich markiert ebenso wie der Sicherheitsbereich mit dem darin befindlichen Tresor. Detlef Maus erklärt, „Wir haben diverse Spuren in den Toiletten- und Waschraumbereichen gefunden. Laut Zeugenaussagen waren dort von etwa Vierzehnuhrdreißig bis zirka Fünfzehnuhrfünfundvierzig insgesamt zehn Menschen eingeschlossen, oder besser gesagt, elf Menschen. Die dort aufgefundene Tote wurde nach Aussage zweier ebenfalls eingeschlossener Teeniemädchen noch lebend von unserer Tatverdächtigen Sarah Mirkowsky gesehen. Ach übrigens, die Mädchen werden gegen neunzehn Uhr mit ihren Eltern zur persönlichen Zeugenbefragung hier eintreffen, das sollen wir euch von der Zentrale ausrichten. Des Weiteren können wir einen Abdruck aus dem Herrenbereich der Toilette zuordnen. Es ist kein Unbekannter, Herbert Eichstätter, in Fachkreisen auch Eichi genannt, hat sich höchstwahrscheinlich zur Tatzeit dort aufgehalten." Ein kurzes Raunen geht durch den Raum, bevor er fortfährt. „Das Reinigungspersonal hat uns versichert, in besagtem Toilettenraum kurz vor dem Ertönen des Feueralarms gesäubert zu haben. Zu den Brandstätten können wir noch keine Angaben machen, da sind wir noch dran. Habt ihr noch Fragen? Wir würden ansonsten gerne schnellstmöglich zurück in das Labor gehen." Hauptkommissar Christian Kraufer möchte noch wissen, ob bekannt sei, wann die Rechtsmedizin erste Auskünfte zu der getöteten Frau auf der Damentoilette geben könne. Doch diese Frage bleibt unbeantwortet, und er beschließt, sich persönlich darum zu kümmern, und beendet die Besprechung. Andrea Meiller beauftragt eine junge Kollegin mit der Recherche nach dem Aufenthaltsort von Eichi. Desweiteren solle sie bis zu der Befragung der beiden Teenie-Mädchen eine Wahllichtbildvorlage (WLV) inklusive aller möglichen verdächtigen Personen erstellen. Dazu gehört unter anderem ein aktuelles Foto des ihnen bekannten und mehrfach verurteilten Herbert Eichstätter sowie Fotos von Personen aus seinem kriminellen Umfeld. In einer guten halben Stunde würden die jungen Zeuginnen erscheinen. Die Frage stellt sich, ob die beiden Eichi eventuell als eine der Personen, welche sich in den verschlossenen Waschräumen aufhielten, identifizieren können. „Schade", denkt Andrea, „bei der Befragung wäre ich gerne persönlich anwesend." Doch die Zeit dafür hat sie nicht und macht sich mitsamt eines jungen Kollegen und nach kurzer Rücksprache mit POK Kraufer auf den Weg zu den beiden Tatorten. Das Einkaufszentrum macht großen Druck auf die Ermittlungen, jede Minute, in der die Türen geschlossen seien, kosten die dort geschäftigen Unternehmen horrende Summen. Das Weihnachtsgeschäft ist das Umsatzstärkste im ganzen Jahr. Frau Poch-Laret erwartet die Kommissarin schon sehnsüchtig, in der Hoffnung, dass diese die Tatorte jetzt nach abgeschlossener Spurensicherung wieder freigeben wird und sie als Managerin somit die Evakuierung wieder aufheben sowie den Betrieb fortführen könne. Die Feuerwehr hatte die kleinen Brandherde innerhalb von ein paar Minuten unter Kontrolle. Von deren Seite spricht nichts gegen eine umgehende Öffnung der Ladentüren. Doch ist auch unter den Feuerwehrkameraden nach diesem Einsatz nichts mehr so, wie es vorher einmal war.

Als Kommissar Fritz Marster und Oberkommissar Martin Simmels in Begleitung ihrer geschätzten Kollegin und Psychologin Rosa Roggenpohl in Sichtweite des Reihenhauses des ermordeten Wehrführers kommen, wird ihnen sofort bewusst, dass die Familie Beidenfeld bereits über die Geschehnisse der vergangenen Stunden informiert ist. Zwei Feuerwehrkameraden in Uniform kommen den Ermittlern auf dem schmalen Gehweg entgegen. Martin Simmels stellt sich umgehend vor und bittet die beiden Feuerwehrmänner, mit ihnen ein paar Schritte zurück außerhalb der Sichtweite des Reihenhauses zu gehen, um ein kurzes Gespräch zu führen. Die Kameraden von Herrn Beidenfeld stellen sich als langjährige Kollegen und gute Freunde, schon aus früheren gemeinsamen Zeiten der Jugendfeuerwehr, vor. Der hochgewachsene Thomas Horner hat Tränen in den Augen, und somit fängt sein Kamerad Dietmar Jenssen an, den Ablauf der Ereignisse aus seiner Sicht bis hin zu dem Auffinden des toten Kameraden zu schildern. Polizeikommissar Marster zeichnet mit dem Einverständnis beider Feuerwehrmänner das Gespräch auf. „Nun, wir bekamen von der Einsatzzentrale die Information, dass um vierzehn Uhr und zwanzig Minuten zwei Brandstellen im Einkaufszentrum-Nord gemeldet wurden. Drei benachbarte Wehren seien ebenfalls allarmiert, hieß es. Da wir in unmittelbarer Nähe stationiert sind, waren wir die ersten am Brandort". Er stockt, schluckt und fährt dann fort. „Sven hat sofort Kontakt mit dem Management des EKZ aufgenommen, um die Evakuierung zu koordinieren. Unterdessen haben wir uns aufgeteilt und sind zu den beiden Brandherden geeilt. Es hat sich ziemlich schnell herausgestellt, dass es sich offensichtlich eher um Brandstiftung als um einen Kabelbrand oder Ähnliches handelte." Er wendet sich seinem Kameraden zu. „Thomas, du warst doch bei der Schneiderei. Erzähl doch bitte kurz, was du festgestellt hast." Thomas Horner räuspert sich und berichtet daraufhin mit sicherer und kräftiger Stimme. „Man hatte einen

Metallmülleimer mit Stoffresten angezündet. Ich schätze, mit handelsüblichen Grillanzündern. Spiritus- oder ähnliche Gerüche konnte ich nicht feststellen. Das Feuer war kurz davor, auf einen der Nähtische überzuspringen, doch ich konnte den Brand mit Hilfe meiner Kameraden innerhalb von drei Minuten endgültig und sicher löschen." Er runzelt die Stirn, und Polizeioberkommissar Simmels ermuntert ihn, alles, auch jede Kleinigkeit, zu erzählen, sollte ihm noch etwas aufgefallen sein. „Ja, da ist tatsächlich noch etwas, was mir im Nachhinein merkwürdig vorkommt", fuhr er fort. „Der Besitzer, der Herr Gülcan, war nicht anwesend. Als wir eintrafen, war der Laden zu dem Zeitpunkt leer. Jetzt kann es aber sein, dass er schon die Anweisung von Frau Poch-Laret hatte, das Gebäude zu verlassen. Ich weiß es nicht. Die unmittelbar angrenzenden Läden wurden jedoch erst in dem Moment unseres Eintreffens per Lautsprecher gebeten, das Gebäude zu verlassen. Ach, und ein Wachteam war anwesend und begleitete die Evakuierung. Eine externe Firmenbezeichnung konnte ich nicht erkennen. Sie trugen schwarze Kleidung mit dem Aufdruck SICHERHEIT-EKZ-NORD." „Danke, das ist sehr hilfreich. Wie war das bei Ihnen mit dem Brandherd im Bürobereich?", fragt POK Simmels, dem Feuerwehrmann Jenssen zugewandt. „Das war ganz ähnlich. Wir konnten nach kurzer Zeit Entwarnung geben. Im Wartebereich des Bürotraktes brannte ein Warenpräsenter, gefüllt mit Informationsmaterial der einzelnen Firmen des Zentrums. Zum Glück bestand der Infoständer ebenfalls aus Metall, und wir waren rechtzeitig vor Ort. Wir waren per

Sprechfunk im dauerhaften Kontakt untereinander. Sven informierte uns, dass die uns zur Hilfe gekommenen Wehren draußen auf ihren eventuellen Einsatz warteten. Lediglich die Wehrführer hatten sich mit Sven abgesprochen und kontrollierten gemeinsam das komplette Gebäude. Schließlich war es nicht auszuschließen, dass noch weitere Brandherde auftauchen würden. Das ist keine Seltenheit bei Brandstiftung dieser Art." Hier schaltet sich Polizeioberkommissar Martin Simmels ein und fragt, ob denn niemand zusammen mit Sven Beidenfeld die Waschräume kontrollierte, und erfährt, dass zwei andere Kollegen mit der Kontrolle der Küche und den dazu gehörigen Lagerräumen beschäftigt waren, während Sven schon in Richtung der Waschräume vorgegangen war. Es wurden keine weiteren Brandherde gefunden, stattdessen kam ein letzter Funkspruch von ihrem ermordeten Kameraden, in dem er den Aufenthalt von zwei Zivilpersonen im Hauptflur des Untergeschosses durchgab. Unmittelbar danach brach das Funkgespräch ab. Die Beamten bedanken sich daraufhin bei den beiden Feuerwehrkameraden des Mordopfers und überreichen die Visitenkarte des Dezernates und die Instruktion, sich umgehend zu melden, sollten ihnen noch irgendwelche zusätzlichen Details ihres Einsatzes einfallen. Jede Kleinigkeit könne eine große Bedeutung bekommen, heißt es.

Bevor die drei Beamten sich erneut in Richtung der Eingangstür der Familie Beidenfeld aufmachen, telefoniert Fritz Marster kurz mit Christian Kraufer und bestätigt die Vermutung, dass Sarah Mirkowsky in Begleitung einer weiteren Person war, als sie Sven

Beidenfeld begegnete. Auch spricht er das Wachteam an, welches die Feuerwehrkameraden erwähnten und dass die Kollegin Andrea die Personaldaten der bei dem Wachdienst beschäftigten Personen erfragen solle bei ihrem Gespräch mit der Managerin. Kraufer bestätigt, dass er alles Notwendige veranlassen wolle. Nach dem Gespräch legt er das Diensttelefon langsam und nachdenklich auf den Tisch. Sein Magen knurrt und das Date mit seiner Frau müsse er an diesem Abend wohl wieder einmal verschieben, bemerkt er traurig. Doch Zeit für private Gedanken bleiben ihm in dieser angespannten Situation kaum. Deshalb schreibt er seiner Süßen nur eine kurze Nachricht, wohlwissend, dass er sie mit dieser Absage des geplanten romantischen Dinners auf ein Neues enttäuschen wird. Er atmet tief durch und freut sich schon jetzt auf eine glückliche und unbeschwerte gemeinsame Pensionszeit mit seiner seit einunddreißig Jahren geliebten Ehefrau.

Noch ehe die Mädchen mit ihren Eltern zur Befragung eintreffen würden, müsse er unbedingt Ergebnisse der Rechtsmedizin erhalten, denkt er, doch die versprochene Mail mit ersten Fakten bezüglich der ermordeten Frau aus dem Toilettenbereich ist immer noch nicht eingetroffen. Er weiß, dass seine Kollegen in den vergangenen Wochen leider sehr viel Arbeit hatten, die Kriminalitätsrate ist beunruhigend gestiegen in den letzten Monaten. Immer mehr schwere Gewaltverbrechen verunsichern nicht nur die Bürger dieser Stadt, sondern auch die Polizei und Staatsanwaltschaft. „Hast du einen Moment?", fragte Lilian, die hübsche Kollegin aus dem Innendienst. Charmant wie immer, lächelt er zurück, und sie legt ihm vier Fotografien auf seinen Schreibtisch. „Ich habe die digitale WLV erstellt. Wenn die Familien Becker und Deichler gleich kommen, wäre ich gerne anwesend, wenn das geht. Ich habe dir Ausdrucke der in Frage kommenden Personen gemacht." Sie zeigt auf die Fotos. „Eichi ist uns ja bekannt. Das hier links daneben ist Roman Feuerbach, sein letzter Zimmerkollege. Er wurde vor fünf Monaten entlassen, keine große Nummer, Autodiebstahl, kleine Delikte im Bereich der Hehlerei. Der hier ist interessant, darauf bin ich durch einen Vermerk der Hamburger Kollegen aufmerksam geworden. Bobby, Bob Simmer, kiezbekannt, Prostitution, Menschenhandel. Offenbar seit einigen Monaten in ständiger Verbindung mit Eichstätter. Und die Dame hier dürfte dir auch bekannt sein, Ursula von Lehnertz, ewige On-Off-Freundin von Eichi. Sie hat eine zehnjährige Tochter, Vater unbekannt." Hauptkommissar Kraufer nickt. „Super, Danke, Lilian! Sag mir bitte Bescheid, wenn die Familien eintreffen. Wir setzen sie in Raum Zwei". Christian Kraufer macht sich zusätzliche Notizen auf seinem Handy, um den Überblick bei diesen Unmengen von Namen und Input zu diesem Fall behalten zu können.

In der Zwischenzeit hat er eine kurze Sprachnachricht seiner Kollegin Marianne aus dem Krankenhaus erhalten. Die Verletzungen von Sarah Mirkowsky sind doch schlimmer als ursprünglich befürchtet. Vor morgen Mittag sei kaum mit einer möglichen Befragung zu rechnen, aus diesem Grund sei seine Kollegin auf dem Rückweg ins Präsidium. Piet würde wie vereinbart die nächsten Stunden in der Klinik bleiben.

„Endlich", denkt der Polizeihauptkommissar, als er auf seinen Bildschirm schaut und die eingegangene Nachricht der Rechtsmedizin mit der Bitte um Anruf sieht. „Kraufer hier, was habt ihr bis jetzt?" „Hallo Christian, mit der Toten aus dem Toilettenbereich der Damen haben wir so unsere Probleme. Keine Papiere, ich schätze sie auf Ende fünfzig bis Mitte sechzig. Die Identität konnten wir noch nicht feststellen. Die Fingerabdrücke laufen gerade durch den Computer. Was ich allerdings mit Sicherheit sagen kann ist, dass die Tatwaffe identisch mit dem Messer ist, die wir bei der Leiche des Feuerwehrmanns gefunden haben. Ihr wurde ebenfalls die Kehle durchgeschnitten. Der Schnitt wurde von oben rechts nach unten links ausgeführt. Das deutet darauf hin, dass der Täter Linkshänder und mindestens ein Meter und fünfundachtzig Zentimeter groß sein muss. Er stand hinter ihr, was wahrscheinlich verhindert hat, dass ihre DNA auf seiner Kleidung zu finden ist. Hast du noch Fragen?" „Ja, Marc. Hast du irgendwelche Hinweise auf ihre Herkunft oder Profession?" „Alles im Durchschnitt, keine herausragenden Merkmale. Eine ältere Blinddarmnarbe, gefärbter Haaransatz, normale, gepflegte Hände. Ah, leichte Hornhaut an den Fingerkuppen, insbesondere der rechten Hand, ich schätze, sie spielt in ihrer Freizeit ein Saiteninstrument. Noch etwas, der Absatz ihres rechten Stiefels ist deutlich abgenutzter als der linke, sie fährt regelmäßig Auto, keine Kurzstrecken." „Danke, Marc, melde dich, wenn dir noch etwas auffallen sollte." „Ja, der ausführliche Bericht folgt morgen Mittag. Dann gleich zweifach. Sven ist mit der Obduktion des

Feuerwehrmanns beschäftigt, da scheint es aber nichts Neues zu geben." Der Rechtsmediziner verabschiedet sich mit den Worten „Wir hören!"

In diesem Moment klopft es an der Tür, und Lilian verkündet, dass die Familien Becker und Deichler eingetroffen seien und im Raum zwei warten. Der Polizeioberkommissar erhebt sich von seinem Schreibtischstuhl und greift die Fotos der eventuell verdächtigen Personen und lässt diese in seiner Mappe verschwinden. Als Christian Kraufer und die junge Polizeikommissarin Lilian Meyer sich auf den Weg machen, meldet sich der Magen des Hauptkommissars deutlich und laut. „Hast du noch nichts gegessen?", fragt sie ihren Chef. Er zuckt nur mit den Schultern, und seine Augen machen deutlich, dass dieses Thema jetzt nicht von Bedeutung sei. Nach einer kurzen Begrüßung beginnt Christian Kraufer mit der Befragung. Um zu gewährleisten, dass die beiden Teenager sich nicht gegenseitig beeinflussen, bittet er die Familie Deichler, sich gleich im Anschluss nach seiner Aufklärung, begleitet von einer Kollegin aus dem Innendienst, für eine kurze Zeit in den anderen der beiden Besprechungsräume zu begeben. Daraufhin schauen die Mädchen die Kommissare mit weit aufgerissenen Augen an. Man merkt ihnen auf den ersten Blick die Verunsicherung sowie den Wunsch, diese für sie unangenehme Situation so schnell wie möglich wieder beenden zu wollen, deutlich an. Christian Kraufer hat sich vorher die Erlaubnis geholt, die Mädchen zu duzen, um die Distanz zwischen den Beamten und den zu befragenden Personen nicht noch zu vergrößern. „Nun, vielen Dank, dass ihr umgehend hergekommen seid, um uns zu helfen, den oder die Täter schneller zu ermitteln. Meine Kollegin, Kommissarin Lilian Meyer, wird euch gleich nacheinander eine Datei mit Personenfotos zeigen, mit der Bitte sie euch genau zu betrachten. Vielleicht ist ja einer oder mehrere dieser Personen zusammen mit euch in dem Waschraumbereich des Einkaufszentrums eingeschlossen gewesen. Denkt bitte daran, dass die Personen auf den Fotos ihr Äußeres auch verändert haben können, sei es durch eventuelle Perücken oder Haarteile wie auch durch Theaterschminke oder Ähnliches. Manche Fotos sind auch schon etwas älter. Bitte nehmt euch die Zeit, genau hinzuschauen. Meine Kollegin Anna Becker wird Sie, Familie Deichler, in den Warteraum begleiten, und wir beginnen danach zuerst mit der Befragung von Marie." In diesem Moment klopft es zweimal an der Tür, und Marianne bittet ihren Kollegen Christian mit einer Handbewegung für einen kurzen Moment auf den Flur. Lilian bleibt im Raum. Die Kommissarin ist etwas außer Atem und berichtet von einem Anruf Andrea Meillers aus dem EKZ. „Der Herr Gülcan wurde im Lager seiner Änderungsschneiderei geknebelt und gefesselt gefunden. Kreislaufmäßig geht es ihm nicht gut, und er befindet sich auf dem Weg ins Krankenhaus. Andrea konnte kurz mit ihm sprechen, sein Peiniger hatte offenbar eine Tattoo-Entfernung auf der linken Hand. Damit scheidet Eichi zumindest für dieses Delikt aus." Christian Kraufer bittet Marianne noch darum, Piet zu informieren, dass er nach seiner Wachablösung bei der verletzten Sarah Mirkowsky kurz mit Herrn Gülcan sprechen solle, wo er sich doch schon einmal im

Krankenhaus befinde. Hauptkommissar Kraufer betritt erneut den Besprechungsraum zwei und registriert, dass die erste Unsicherheit von Marie Becker sich offenbar deutlich gelegt hat. Aufgeregt erzählt sie davon, dass sie sich bei drei Personen ganz sicher ist, sie wieder erkannt zu haben. Nur bei einer Person, dem Hamburger Bob Simmer, ist sie unsicher, ausschließen will sie diesen Mann aber nicht. Auch die zweite Befragung von Alice Deichler bringt ähnliche Ermittlungserfolge. Sie berichtet von einer veränderten Ursula von Lehnertz. Sie war sich ganz sicher, dass es die Frau von dem Foto sein müsse, da sie die gleichen Ohrringe trug, wie sie auf dem Foto zu sehen waren. Nur musste sie etwa zehn Kilogramm abgenommen und die Haare blondiert oder eine Perücke getragen haben. Roman Feuerbach ist den beiden Mädchen als smarter Anzugträger aufgefallen, jedoch ohne diese auf dem Foto zu sehende Tätowierung auf seiner Hand und mit kürzeren Haaren. Zu Herbert Eichstätter hat die dunkelhaarige Marie Becker noch einige Hinweise. Sie ist sich ganz sicher, ihn an seinem markanten Kinn und den bösen Augen wiedererkannt zu haben, doch irgendetwas ist auf dem Foto auf dem Bildschirm anders, als es im Waschraum war. Auch Alice ist sich bei Herbert Eichstätter sicher, und merkt an, dass der Herr in Wirklichkeit buschige, dunkle Augenbrauen habe. Des Weiteren war ihr noch aufgefallen, dass er das linke Bein ganz leicht nachzog und sich ab und zu an den linken Oberschenkel fasste. Im Anschluss an die Befragungen verlassen die Familien Deichler und Becker das Präsidium erleichtert wieder, wohlwissend, dass die Mädchen sich eventuell für eine Gegenüberstellung zur Verfügung halten müssen. Lilian schnappt sich das Notebook und folgt ihrem Chef in sein Büro. „Das ist so klasse, wenn die Zeugen so zeitnah die WLV anschauen. Was machen wir denn jetzt?" Erwartungsvoll schaut sie den Hauptkommissar an. „Andrea muss jeden Moment wieder eintreffen aus dem Einkaufszentrum, ebenso werden Fritz und Martin von der Familie Beidenfeld zurück erwartet. Sobald wie möglich werden wir eine neue Besprechung abhalten. Wärst du so nett und kochst eine große Kanne Kaffee? Wir werden ihn wohl noch brauchen. Ich spreche unterdessen mit der Staatsanwaltschaft. Wir müssen alle verdächtigen Personen zeitnah befragen." Christian Kraufer grübelt, wie er am sichersten vorgehen soll. Alle vier bisher ermittelten Personen sind tatverdächtig. Bei Eichi und Feuerbach besteht akute Fluchtgefahr, außerdem befinden sich die Beiden noch auf Bewährung. Im Fall von Ursula von Lehnertz muss er das Jugendamt informieren, dass die Tochter eventuell in die vorübergehende Obhut Dritter gelangen kann, sei es mitten in der Nacht. Alles ist derzeit offen. Bob Simmer ist sicherlich schon wieder auf dem Weg zurück nach Hamburg. Es sei denn, denkt er, die Vier wollen ihr Vorhaben erneut in die Tat umsetzen. Kurzerhand beauftragt Hauptkommissar Christian Kraufer eine Streife mit der Bitte, sich mit Frau Poch-Laret in Verbindung zu setzen und ihr für den Moment zur Unterstützung zur Verfügung zu stehen. Für diesen Abend sei es das Beste, den Tresor nicht aus den Augen zu lassen.

Eine langsame Unterzuckerung lässt den Kommissar in seiner Schreibtischschublade nach einem Schokoriegel suchen, als er aus dem Flur laute Geräusche vernimmt. Er erhebt sich von seinem Stuhl, öffnet die Zimmertür und sieht eine Andrea Meiller mit einem riesen Stapel Pizzakartons und einem Blumenstrauß in den kleineren der beiden Besprechungsräume gehen, gefolgt von dem halben Präsidium. „Hunger! Pizza!" sagt sein Unterbewusstsein, und er wird schneller. „Liebe Kollegen, es ist genug für alle da. Nicht so drängeln, sonst fällt mir noch etwas herunter!" Lilian hilft Andrea, die Kartons auf dem Tisch zu verteilen. Danach rennt sie los, um den gerade fertig durchgelaufenen Kaffee zu holen. „Ich habe die Pizza gleich schneiden lassen, es sind auch vegane dabei, die mit dem grünen Streifen auf der Verpackung. Das EKZ hat gerade wieder geöffnet, es ist alles ganz frisch. Lasst es euch schmecken." „Danke Andrea, im Anschluss werden wir gleich eine neue Besprechung abhalten", Christian Kraufer bemüht sich jetzt, nicht zu doll zu schlingen, trotz seines großen Hungers. Sein Blick fällt auf den ebenfalls auf dem Tisch liegenden Blumenstrauß. „Für wen hast du denn eigentlich den Blumenstrauß mitgebracht?" „Für dich", erwidert Andrea und beißt herzhaft in ihr Stück Pizza. „Was, wieso denn für mich?" Der Hauptkommissar ist sichtlich überrascht. Ehe seine Kollegin erneut antwortet, trinkt sie schnell noch einen Schluck Wasser, um nicht mit vollem Mund antworten zu müssen. Man kann einigen Kollegen deutlich ansehen, dass sie auch gerne wissen möchten, warum Christian nun einen Blumenstrauß bekommt. „Bevor hier noch jemand auf falsche Gedanken kommt, der Strauß ist natürlich für deine Frau. Du hattest uns doch gestern erzählt, dass ihr heute Abend ein romantisches Dinner habt. Das wird nun ja wohl leider ausfallen, und da ich im EKZ vor einem Blumenladen stand, als ich auf die Pizza gewartet habe, dachte ich, dass du bestimmt begeistert sein wirst. Aber freu dich nicht zu früh, ich bekomme achtzehn Euro von dir." „Danke, super Idee. Geld gebe ich dir nachher. Danke, Andrea." Eine junge Kollegin aus dem Innendienst steht auf. „Ich stelle die Blumen schnell ins Wasser. Vergiss sie aber nachher nicht mitzunehmen!" Christian Kraufer nickt ihr freundlich zu und ist währenddessen mit der Frage beschäftigt, ob er als nächstes Stück auch mal so ein Veganes mit unechtem Hackfleisch probieren soll, als Fritz und Martin zur Tür hereinkommen. „Setzt euch, es ist genug für alle da", fordert Oberkommissarin Andrea Meiller ihre Kollegen auf. „Ich gehe mir kurz Hände waschen, und dann futtere ich den ganzen Rest", strahlt Fritz. Diese kurze Essensunterbrechung lässt die Beamten für einen kleinen Moment abschalten, um sich danach wieder auf das Wesentliche zu konzentrieren.

Piet befindet sich immer noch im Krankenhaus und bewacht die schwerverletzte Tatzeugin, bevor er in absehbarer Zeit von Polizeiobermeister Müller für die Nacht abgelöst wird. Bis auf ihn sind alle ermittelnden Beamten bei dieser Besprechung anwesend. Christian Kraufer übernimmt wieder das Wort und fasst den aktuellen Ermittlungsstand zusammen. „Es hat sich seit unserer letzten Besprechung Einiges getan. Wir gehen davon aus, dass die verletzte Sarah

Mirkowsky nicht Täterin, sondern ein weiteres Opfer ist. Höchstwahrscheinlich war sie zur falschen Zeit am falschen Ort, oder haben eure Ermittlungen bei der Überprüfung ihrer Personalie etwas anderes ergeben?" Christian schaut zu seinen im Innendienst ermittelnden Kollegen. Ein junger Beamtenanwärter, gerade mit dem Studium fertig, meldet sich zu Wort. „Nicht wirklich, allerdings waren Sarah Mirkowsky und Roman Feuerbach auf der gleichen Schule im selben Jahrgang, jedoch in Parallelklassen. Sie müssen sich zumindest flüchtig gekannt haben. Es ist aber schon siebzehn Jahre her." „Danke, das dürfen wir bei unseren weiteren Ermittlungen nicht außer Acht lassen. Wir hoffen, dass wir morgen Vormittag die erste Zeugenbefragung von Frau Mirkowsky vornehmen können. Danach werden wir einen großen Schritt weiter sein." Kraufer nickt in Richtung Fritz und Martin. Daraufhin berichtet Oberkommissar Simmels über das Zusammentreffen mit den beiden Feuerwehrkammeraden des ermordeten Sven Beidenfeld und die Tatsache, dass der Wehrführer zwei Personen im Untergeschoss vor den Waschräumen angetroffen hat, bevor die Funkverbindung zu seinen Kameraden abbrach. Danach erzählt Martin über das erschütternde Gespräch mit der trauernden Ehefrau. Alle senken die Köpfe, dieser Bericht lässt keinen kalt. Kindertränen sind schwer zu verkraften. Aufgrund der Tatsache, dass es der Mutter so schlecht ging, haben sie einen Notarzt zu Hilfe gerufen, welcher ihr beruhigende Medikamente verabreicht hat. „Nun, Rosa ist für die Nacht bei der Familie geblieben, um sich um die Kinder zu kümmern, während die Mutter unter

Medikamenteneinfluss versucht zu schlafen. Wir vermuten, dass der ermordete Feuerwehrmann zur falschen Zeit am falschen Ort gewesen ist und er in keiner Weise mit den anderen Verbrechen in Verbindung gebracht werden kann." Christian fährt mit den weiteren Erkenntnissen fort. „Die beiden Mädchen aus den Waschräumen, Alice Deichler und Marie Becker waren zur Befragung hier im Präsidium. Lilian hatte eine WLV erstellt, inklusive Fotos von Herbert Eichstätter und seinem direkten Umfeld." Hauptkommissar Kraufer nimmt seine Mappe zur Hand und holt die Fotos, welche Lilian ihm nachmittags ausgedruckt hat heraus. „Lilian, bitte noch einmal zur Erklärung." Christian reicht ihr die Fotos, und Polizeikommissarin Lilian Meyer vermittelt die Zusammenhänge der verdächtigen Personen Roman Feuerbach, Bob Simmer und Ursula von Lehnertz zu dem Hauptverdächtigen Herbert Eichstätter, dessen Fingerabdruck eindeutig auf der Herrentoilette zugeordnet werden konnte. Im Anschluss übernimmt Hauptkommissar Kraufer wieder das Wort. „So, das Erstaunliche ist, dass unsere Zeuginnen sich sehr sicher sind, drei der vier erkannt zu haben, und bei dem Hamburger Bob Simmer besteht die Möglichkeit, dass auch er am Tatort gewesen sein könne. Ich habe daraufhin eine TKÜ (Telekommunikationsüberwachung) von den vier Personen und sogar von der zehnjährigen Tochter Ursula von Lehnertz beantragt. Es ist nicht auszuschließen, dass über deren Handy Absprachen erfolgen. Ich warte auf das Okay des Richters, rechne aber nicht vor morgen Vormittag damit. Eventuell erweitern wir auf eine Quellen-TKÜ,

um den Online-Datentransfer zu überwachen und gegebenenfalls entschlüsseln zu können. Andrea, berichte über deine Erkenntnisse aus dem EKZ."
„Gerne, dort deutet alles daraufhin, dass die Brände gezielt gelegt wurden, damit das Gebäude evakuiert wird. Wir vermuten, dass die vermeintlichen Täter ursprünglich vorhatten, den Gemeinschaftstresor der vierundzwanzig ansässigen Firmen zu knacken. Sie waren nur durch einen für sie unglücklichen Umstand in den Waschräumen eingeschlossen und konnten somit ihre Tat nicht vollziehen. Wir können uns vorstellen, welcher Druck auf den Tätern gelastet haben muss, als sich die Tür zum Ladenbereich nicht mehr öffnen ließ. In dem Lagerraum der Änderungsschneiderei Gülcan fand man den völlig entkräfteten, gefesselten und geknebelten Ladenbesitzer. Bevor die Sanitäter kamen, konnte er mir zum Glück noch berichten, dass sein Peiniger eine inzwischen entfernte Tätowierung auf dessen linker Hand hat." Christian Kraufer bedankt sich bei seiner Kollegin. „Danke Andrea. In diesem Moment ist eine Streife vor Ort, um Frau Poch-Laret zu unterstützen und den Tresor im Auge zu behalten. Es ist durchaus möglich, dass die Täter einen zweiten Versuch unternehmen, den Tresor auszurauben. Noch haben wir allerdings zu wenig Indizien für diese Theorie. Zu der ermordeten Frau aus dem Toilettenbereich der Damen haben wir so gut wie keine relevanten Erkenntnisse. Marc hat festgestellt, dass sie höchstwahrscheinlich in ihrer Freizeit ein Saiteninstrument spielte, Ende fünfzig bis Mitte sechzig Jahre alt war und viel Auto fuhr, eher Langstrecken, da ihr rechter Absatz deutlich

abgenutzter als am linken Schuh war. Ihr wurde von einem zirka 1,85 Meter großen Menschen, einem Linkshänder, hinter ihr stehend, die Kehle durchgeschnitten." Ohne die TKÜ, die Auswertungen der Überwachungskameras und die Zeugenbefragung der verletzten Person ist ein Vorankommen zum jetzigen Zeitpunkt schwierig, denkt Hauptkommissar Christian Kraufer und richtet eine letzte Frage für diesen Abend an den Innendienst. „Habt ihr beim Auswerten der Bilddaten der Kameras noch irgendwelche fallrelevanten Details ermitteln können?" „Ja", meldet sich eine Praktikantin im Studium zu Wort. „Drei Wagen wurden nicht aus dem Parkhaus entfernt. Die Feuerwehr hatte das Parkhaus freigegeben und per Lautsprecher und Megafon darum gebeten, die Autos aus dem Parkhaus zu fahren. Ein dunkelgrüner Ford Kombi mit Heidlaufener Kennzeichen wurde vor zwei Stunden als gestohlen gemeldet, er war ebenfalls unter den im Parkhaus verbliebenen Fahrzeugen. Ich bin noch dabei, die Kamera zur Einfahrt ins Parkhaus zu sichten, um danach eine eventuelle Gesichtserkennung der Insassen zu veranlassen." „Bleib da dran. Hast du zu den anderen zwei PKWs schon die Halterdaten?" Christian Kraufer fühlt sich plötzlich wieder fit und hat das Gefühl, die Nacht durcharbeiten zu können, doch der Blick auf seine Kollegen lässt ihn zweifeln. Die Konzentration und somit auch die Leistungsfähigkeit lässt nach zirka fünfzehn Stunden im Dienst spürbar nach, sagt ihm seine innere Stimme. Er ist sich seiner Verantwortung bewusst und kurz davor, für den heutigen Tag das Arbeitsende zu verkünden, da antwortet die

Praktikantin doch noch auf seine letzte Frage. „Ein Audi ist auf einen jungen Mann aus Heidlaufen zugelassen und ein anderer Halter ist eine Autovermietung. Hier habe ich eine Mieter-Anfrage gestellt, leider noch ohne Antwort. Das war doch okay?", fragt sie leicht verunsichert. „Ja, das ist interessant. Wir sichern die beiden PKWs. Ich werde Detlef Maus von der SPUSI gleich informieren, dass er morgen früh umgehend ins Parkhaus fährt. Wer weiß, vielleicht findet er ja die DNA einer der verdächtigen Person in einem der beiden in Frage kommenden Wagen. Ich sage den sich noch vor Ort befindlichen Beamten umgehend Bescheid, dass sie die beiden PKWs vorsichtshalber per Wegfahrsperre sichern. Ich will mich sowieso nach der derzeitigen Lage im EKZ erkundigen. Sie schließen in einer guten Viertelstunde. Ich kümmere mich um alles Weitere. Mit Piet werde ich auch noch Kontakt aufnehmen. Marianne, fährst du morgen früh bitte gleich wieder ins Krankenhaus. Ich hoffe, dass Sarah Mirkowsky dann endlich vernehmungsfähig ist. Vorher kannst du auch noch bei Herrn Gülcan vorbeischauen. So wie es derzeit aussieht, wird er aber morgen Vormittag wieder entlassen." Christian Kraufer atmet einmal tief durch und schickt daraufhin alle seine Kollegen in den wohlverdienten Feierabend. Die junge Praktikantin bittet darum, noch ein Stündchen weiter machen zu dürfen, bis sie den Fahrer des gestohlenen Kombis gesichtet hat. „Maximal eine Stunde, dann machst du auch Feierabend für heute!" Christian Kraufer versucht vergeblich Piet zu erreichen und hinterlässt ihm daraufhin alle wichtigen Details per Sprachnachricht.

Polizeiobermeister Müller müsste ihn inzwischen auch abgelöst haben. In diesem Moment klingelt Christians Telefon, und Piet berichtet kurz, was bisher im Krankenhaus geschah. „Die verletzte Mirkowsky wird es höchstwahrscheinlich gut überstehen, meinen die Ärzte. Morgen früh wird sie sicherlich vernehmungsfähig sein. Müller ist schon da. Ich war gerade bei Gülcan, da konnte ich leider nicht an das Telefon gehen. Er hat diese entfernte Tätowierung auf der linken Hand noch näher beschrieben, ein Adler oder anderer Greifvogel." Sein Chef unterbricht ihn. „Entschuldige Piet, aber da du bei unserer Besprechung vorhin nicht anwesend warst, kannst du nicht wissen, dass Lilian Fotos von Personen aus Eichstätters Umfeld vorgelegt hat. Darunter befindet sich auch Roman Feuerbach, ein eher Kleinkrimineller, jedoch mit einer entsprechenden Tätowierung auf seiner linken Hand." „Oh, das passt. Jetzt muss sich nur noch herausstellen, dass er dieses Kunstwerk entfernen lassen hat. Noch schnell zu Herrn Gülcan, ihm geht es schon wieder viel besser. Seine Familie war da, und sie haben mich kulinarisch versorgt. Soll ich noch ins Präsidium kommen?" „Nein Piet, vielleicht kannst du noch kurz im EKZ vorbeischauen, das schließt in vierzehn Minuten. Eine Streife ist auch vor Ort und sichert derzeit zwei Fahrzeuge im Parkhaus. Frau Poch-Laret wird das EKZ-Wachteam heute geschlossen bis Feierabend in ihrer Nähe behalten. Ich informiere sie, dass du auf dem Weg bist. Wenn noch etwas ist, melde dich per Handy, wir sehen uns morgen Vormittag." Umgehend nach dem Gespräch veranlasst

Hauptkommissar Kraufer, dass heute Nacht vermehrt Streife um das Einkaufszentrum-Nord gefahren wird. Danach ruft er Frau Poch-Laret an und informiert sie über Piets baldiges Eintreffen und die Tatsache, dass heute Nacht vermehrt Streife gefahren wird. Im Gegenzug erfährt er, dass für morgen Vormittag elf Uhr unter strengen Sicherheitsauflagen und Anwesenheit des Wachteams ein Geldtransport angekündigt sei, um die Einnahmen der letzten zwei Tage abzuholen. Im Anschluss an dieses Telefonat beschließt Christian Kraufer, nun auch Feierabend zu machen. Er ist sich aber nicht sicher, ob er nicht doch noch irgendetwas vergessen hat. Der Kommissar geht im Geiste noch einmal alle Details durch und kommt dann zu dem Ergebnis, dass er ruhigen Gewissens nach Hause fahren kann, und fährt seinen Computer herunter. Vorne im Großraumbüro sitzt immer noch seine junge Kollegin und ist in ihren Bildschirm vertieft. „Nicht vergessen, in einer halben Stunde auch Feierabend machen! Bis morgen dann." „Auf Wiedersehen!" Sie stutzt: „Herr Kraufer, denken Sie an den Blumenstrauß!" „Oh, Danke," sagt ihr Chef und dreht sich wieder um, um diese wunderschönen Blumen für seine Süße zu holen, dabei fällt ihm ein, dass Andrea noch die achtzehn Euro dafür bekommt. Beruflich vergisst er selten etwas, doch privat leider ständig, denkt er und wundert sich darüber.

Als Christian Kraufer die Wohnungstür aufschließt, steigt ihm gleich dieser verlockende, süßliche Duft von frischen Pfannkuchen in die Nase. Seine hübsche Frau kommt ihm entgegen. „Ich dachte, du kannst heute Abend gut noch etwas Süßes verkraften", sagt sie mit einem leicht zweideutigen Lächeln. Er strahlt und nickt, während er ihr den Blumenstrauß entgegenstreckt. „Ich bin so glücklich, dass ich dich kennengelernt habe", sagt er und küsst sie. „Dito", zwinkert sie ihm zu. Gemeinsam genießen sie jeder noch zwei kleine Pfannkuchen und erzählen sich, was sie alles so bewegt hat an diesem Tag, bevor sie zum Kuscheln über gehen.

Um drei Uhr und vierunddreißig Minuten klingelt das Handy und reißt Christian aus dem Tiefschlaf. Sein Herz fängt an zu rasen, und er sucht im Dunkeln dieses verdammte Handy und findet es nicht. Es leuchtet auch gar nichts, normalerweise sieht er doch das Display strahlen, wundert er sich. Jetzt wird auch noch seine Frau wach und drückt mit einer schnellen Bewegung fast gleichzeitig den Knopf ihrer Nachttischleuchte und zieht sich ebenso schnell die Bettdecke über ihren Kopf. Hauptkommissar Kraufer erinnert sich, dass er sein Handy am Abend im Bad liegen lassen hat und eilt dort hin. Da seine Frau nun auch wach ist, versucht sie zu lauschen, was passiert ist, hört aber nur einige Wortfetzen. „Was? Das ist ja fürchterlich … Super, Müller! … Ah… Ach du meine Güte… Ins Präsidium?... Bin unterwegs, bleiben Sie vor Ort. Ich werde ihn gleich vernehmen…. Auch das noch! … Ich melde mich wieder." Er zieht sich schnell an und hört seine Frau aus dem Schlafzimmer rufen. „Was ist denn passiert, Chrissi?" „Tut mir leid, Süße! Ich muss ins Präsidium. Auf die Zeugin sollte ein Anschlag verübt werden." „Was? Das ist ja schlimm." „Müller hat´s verhindert, schlaf bitte wieder ein! Ich schnappe mir gleich noch einen Pfannkuchen für den

Weg, ja? Bis heute irgendwann", ruft er, besinnt sich aber fast zeitgleich und geht doch noch einmal schnell zu seiner Frau in das Schlafzimmer. Ein Küsschen muss sein, denkt er. Danach beeilt er sich, zur Arbeit zu kommen. Als er den Haustürschlüssel betätigt, hört er, wie eigentlich jeden Tag, den Ruf von seiner Frau. „Sei schön vorsichtig!" „Ja, bis später!"

Einen Moment überlegt er, ob er die Vernehmung allein mit der Nachtbesetzung des Präsidiums vollzieht. Da aber aus dieser Festnahme noch weitere folgen können, entscheidet der Polizeioberkommissar sich umgehend dafür, Andrea und Fritz zu involvieren. Kurz nach Erreichen seines Arbeitsplatzes steht auch schon eine junge Polizeimeisterin in der Tür zu seinem Büro, um ihn darüber zu informieren, dass sich ein Arzt auf dem Weg befindet, da die festgenommene Person offenbar einen Nervenzusammenbruch erlitten hat. Polizeiobermeister Müller hatte ihm zuvor schon berichtet, zu welchen unglaublichen Szenen es im Krankenzimmer von Sarah Mirkowsky gekommen war. Mal abgesehen davon, dass Müller sich perfekt verhalten hat und nicht auf einen der ältesten Tricks hereingefallen ist. Im Lehrbuch hätte es nicht besser stehen können. *Beamter sitzt vor dem Krankenzimmer – vermeintlicher Täter kommt und rennt weg – Beamter rennt hinterher – zweiter Täter kommt und beseitigt die Zeugin.* Was für ein Glück, dass Müller nur so getan hat, als würde er den ersten Täter verfolgen und sich stattdessen mit einem rekordverdächtigen Sprint in das Krankenzimmer begeben hat, um sich hinter der Tür zu verstecken. Gleichzeitig hat er es auch noch geschafft eine Streife auf den ersten Täter anzusetzen. Doch was dann passierte, hat Hauptkommissar Christian Kraufer in seiner ganzen Laufbahn in dieser Form zum ersten Mal gehört. Müller berichtete, dass der Täter mit einem Messer in der Hand in das Krankenzimmer kam. Der Beamte konnte das Überraschungsmoment für sich nutzen und überwältigte den Täter. Leider fiel der Verbrecher dabei vorne über auf die Krankenliege, und die verletzte Zeugin erwachte. Sie strahlte den Täter an und suchte, immer noch stark geschwächt, den Dialog. „Roman, bist du das? Was machst du denn hier? Wie schön, dich mal wieder zu sehen, das muss ja ewig her sein." Daraufhin fing der Täter ganz fürchterlich an zu schluchzen. Er schien regelrecht zusammenzubrechen. Es täte ihm so leid und wie schrecklich doch alles sei. Müller konnte nicht alles verstehen, doch offenbar war der Täter davon ausgegangen, die verletzte Zeugin hätte ihn innerhalb der Waschräume wiedererkannt. Das schien nicht der Fall gewesen zu sein, und der Täter brach schluchzend zusammen. Roman Feuerbach ließ sich daraufhin widerstandslos in Gewahrsam nehmen. Der Polizeiobermeister alarmierte umgehend seine Kollegen, und erst nachdem Feuerbach unterwegs zum Präsidium war, informierte er den leitenden Hauptkommissar. Sarah Mirkowsky war zu schwach für weitere Gespräche, und das inzwischen eingetroffene Klinikpersonal verwies den Polizisten wieder auf seinen Platz vor der Tür zum Krankenzimmer.

Aus der Sicht von Sarah Mirkowsky:

Eben ist etwas ganz Merkwürdiges passiert. Ich weiß nicht genau, ob ich das geträumt habe oder ob es tatsächlich so passiert ist. Mein alter Schulfreund Roman Feuerbach wollte mich gerade töten. Bei dem Gedanken daran, fangen die Tränen an, über mein Gesicht zu laufen. Auf dem Nachttisch steht eine Zupfbox mit Taschentüchern, doch ich komme nicht daran, da ich mich nicht strecken kann. Jede Bewegung tut mir weh. So schluchze ich hier so vor mich hin. Roman geht mir nicht mehr aus meinen Gedanken, ich bin wach geworden, weil er auf mein Bett gefallen ist. Erst habe ich mich richtig gefreut, ihn zu sehen, doch nach und nach wurde mir klar, in welcher Situation wir uns befinden. Ich liege hier im Krankenhaus und habe eine Verletzung durch einen Messerstich, das ist das, was mir gesagt wurde. Jetzt erinnere ich mich und erschrecke, der Anzugträger, das war Roman Feuerbach. In den Waschräumen habe ich ihn gar nicht erkannt, so in Jeans erinnert er mich mehr an meinen alten Schulfreund. Er hat ganz doll geweint und sich immer wieder bei mir entschuldigt, bevor ihn die Polizisten abgeführt haben. Ich weiß gar nicht genau, was ich nun glauben soll. Dunkel erinnere ich mich daran, dass ich im EKZ-Nord meine Weihnachtseinkäufe machen wollte, dann aber alles anders kam, und ich jetzt immer noch die Geschenke für meine Schwägerin, meinen Bruder und meinen Neffen besorgen muss. Hoffentlich schaffe ich das noch vor Weihnachten. Morgen früh frage ich, wann ich nach Hause darf und wann ich dann endlich wieder shoppen gehen kann.

Im Präsidium:

Mit dem ganzen Wissen aus der Berichterstattung von Müller eilt Kraufer nun zu Feuerbach in das Vernehmungszimmer und erlebt diesen immer noch nervlich am Ende. Hauptkommissar Christian Kraufer stellt sich dem vermeintlichen Täter ruhig und vertrauenserweckend vor. Danach reicht er ihm einen Becher Wasser, und Roman Feuerbach beruhigt sich ganz langsam wieder. Als der Notarzt eintrifft, hat sich der vorläufig Festgenommene wieder etwas erholt. In das Krankenhaus möchte er auf gar keinen Fall, stattdessen würde er gerne eine Aussage machen. Für einen kurzen Moment vergräbt er sein Gesicht in seinen Händen. Im Anschluss ist er damit einverstanden, dass ihm der Puls gemessen wird. Gegen ein leichtes Beruhigungsmittel hat er keine Einwände, und die Befragung könne ohne Bedenken fortgesetzt werden, versichert der Arzt. Wenn die Verfassung der zu behandelnden Person jedoch schlechter werden würde, solle sich das Präsidium wieder melden, dann müsse eine stärkere Dosis verabreicht werden, was mit sich bringen würde, dass danach dann auch keine Befragung mehr zulässig sei. Polizeikommissar Fritz Marster ist in der Zwischenzeit eingetroffen und betritt den Raum, was jedoch zur Folge hat, dass Roman Feuerbach eine abwehrende Haltung einnimmt. Die beiden erfahrenen Kommissare tauschen daraufhin Blicke aus, und Fritz verlässt den Raum wieder, um die Vernehmung außerhalb Feuerbachs Sichtweite zu verfolgen. Schon kurz nachdem Fritz den Raum verlassen hatte, öffnet sich Feuerbach erneut und fragt nach einem Kaffee. Christian Kraufer nimmt sein Handy und bestellt zwei Becher Kaffee mit Milch und Zucker bei seinen Kollegen. Er hätte das auch einfach laut sagen können, doch mit dieser Weise der Konversation vergrößert er für die zu vernehmende Person die Distanz zwischen ihm und den sich nicht im Raum befindlichen Beamten. Da der Verdächtige seinen Kaffee mit Milch und Zucker gewünscht hat, will Kraufer das Vertrauensverhältnis weiter ausbauen und wird seinen Kaffee deswegen ebenfalls mit Milch und Zucker trinken, obwohl er ihn normalerweise schwarz bevorzugt. Nach den ersten Schlucken entspannt sich Feuerbach zusehends und fängt an zu erzählen.: „Es tut mir alles so leid," er wischt sich erneut eine Träne aus dem Augenwinkel. „Ich habe mich mit den falschen Leuten eingelassen. So weit sollte es nie kommen, ich bereue das zu tiefst. Sarah war früher mal meine große Liebe. Ich hätte ihr doch nichts tun können oder?" Er schluchzt wieder, und Christian Kraufer ist sich nicht sicher, ob er die Vernehmung unter diesen Umständen fortsetzen kann. Kurz bevor er abbrechen will, fängt sich Feuerbach erneut und redet weiter. „Wir waren in der Parallelklasse. Ich fand sie immer schon toll, aber sie hat mich nie beachtet. Doch auf dem Abschlussball haben wir zum ersten und zum letzten Mal geknutscht." Er erzählt das jetzt so, als sei er gerade sechzehn Jahre alt und nicht Anfang dreißig. Christian Kraufer nimmt einen Schluck Kaffee und muss bei diesem ungewohnten Geschmack seine Mimik deutlich kontrollieren. „Ich habe mich noch mehr in Sarah verliebt, als ich es vorher schon war. Leider haben wir uns dann erst Monate später wieder gesehen, da war ich schon mit Mareike zusammen. Ich dachte, sie hat mich erkannt, als wir …" Er bricht ab und schaut Christian Kraufer zum ersten Mal direkt in die Augen, bevor er ihn sehr gefasst anspricht. „Wissen Sie, ich kann mich eigentlich nur noch umbringen. Wenn ich jetzt sage, was ich gerne sagen möchte, werde ich wahrscheinlich zu Tode gefoltert. Wenn ich nichts sage, werden Sie mich wahrscheinlich wegen versuchten Mordes anklagen. Dabei wollte ich sie nur warnen. Ich denke, ich hätte ihr nichts getan. Mein Leben ist so oder so am Ende." Er nimmt einen Schluck Kaffee, bevor er fortfährt. „Was muss ich denn tun, damit ich ins Zeugenschutzprogramm komme? Ich weiß viel. Zu viel, das wissen auch andere." Er seufzt und trinkt seinen Kaffee aus. „Nun, Sie müssen mir schon einiges geben. Was wissen Sie über ihre Komplizen? Soll in Kürze noch eine Straftat erfolgen, über die Sie uns nun informieren können? Wer hat die Frau in der Damentoilette und den Feuerwehrmann getötet? Ich hätte noch mehr Fragen. Sind Sie bereit uns, alles, was Sie wissen, zu erzählen? Erst wenn Sie sich verpflichten, zu hundert Prozent mit uns zusammen zu arbeiten und als Kronzeuge gegen ihre ehemaligen Kollegen auszusagen, kann ich mit dem Staatsanwalt sprechen. Dazu brauche ich aber jetzt alle Informationen von Ihnen. Geben Sie mir etwas, dass ich weiß, dass Sie es ernst meinen." Roman Feuerbach vergräbt erneut das Gesicht in seinen Händen, holt tief Luft und fragt den Oberkommissar, ob er denn garantieren könne, dass ihm und Sarah nichts passieren werde, wenn er seine umfassende Aussage mache. Immerhin wisse er über eine Hamburger Größe so viel, dass sein Leben deutlich in Gefahr sei, sobald er aussage. „Ich weiß, wo in Hamburg einer der größten Drogenumschlagplätze ist und auch wer dahinter steckt. Wenn die mitkriegen, dass ich hier singe, ist alles vorbei. Sie müssen dann wohl heute Nacht noch tätig werden, bevor die merken, dass ich rede." „Geben Sie mir einen Namen, Herr Feuerbach, und ich telefoniere jetzt um fünf Uhr mit dem Staatsanwalt. Wer hat die Frau getötet?" „Eichi, Herbert Eichstätter! … Jetzt bin ich tot, wenn Sie mir nicht helfen." „Ich bin gleich wieder da, in der Zwischenzeit wird ein Beamter bei Ihnen bleiben!" Christian Kraufer erhebt sich, und schon geht die Tür auf, und ein diensthabender Kollege aus dem Innendienst betritt den Raum. Piet meldet sich in dem Moment, in dem der Hauptkommissar den Besprechungsraum verlässt, zu Wort. „Christian, ich habe alles gehört. Ich aktiviere die komplette Soko. Telefoniere du mit dem Staatsanwalt!" Es wurde ein langes und anstrengendes Telefonat für den Heidlaufener Hauptkommissar. Roman Feuerbach muss vollständig auspacken, bevor er die Zusage seitens der Staatsanwaltschaft bekommen wird. Auch muss Christian Kraufer ihn über die Folgen und Pflichten des Zeugenschutzprogrammes informieren. Erschwerend kommt noch hinzu, dass Roman Feuerbach sich in einer labilen Konstitution befindet. Zu diesem Zeitpunkt ist noch alles offen. Hauptkommissar Kraufer atmet tief durch. Er muss schnellstmöglich das Gespräch mit Feuerbach fortsetzen. Die Hamburger Kollegen wurden informiert, daraufhin bereitet sich dort in diesem Moment ein Sondereinsatzkommando darauf vor, einen streng bewachten Drogenumschlagplatz zu stürmen. Zeitgleich seien mehrere Verhaftungen an unterschiedlichen Plätzen vorzunehmen. Nicht nur in Hamburg, sondern parallel dazu auch in Heidlaufen und Umgebung werden in den nächsten Stunden mehrere Verhaftungen vollzogen, sofern alles glatt läuft. Unter höchster Konzentration betritt Hauptkommissar Christian Kraufer erneut das Besprechungszimmer. Erwartungsvoll und dennoch stark verunsichert schaut Roman Feuerbach zu ihm auf. „Nun, Sie haben einen weiten, schweren Weg vor sich. Ist ihnen bewusst, dass Sie keinerlei Kontakt mehr zu Ihren Angehörigen und Freunden haben dürfen? Nie wieder? Kein Weihnachten, kein Geburtstag. Auch keinen Kontakt mehr zu Sarah Mirkowsky. Ist Ihnen das bewusst, und sind Sie bereit dazu, eine andere Identität anzunehmen?" „Ja, kann ich Sarah nur noch einmal sprechen, bevor ich gehen muss? Ich muss reinen Tisch machen und mich bei ihr entschuldigen. Danach ist mir alles egal." Hauptkommissar Kraufer spricht laut und deutlich weiter. „Ich werde es zumindest übermitteln können. Weiteres kann ich Ihnen in diesem Moment nicht zusagen. Erzählen Sie uns jetzt, was genau in Hamburg vor sich geht. Wo sich die Drogen befinden und welche Ihnen bekannten Personen involviert sind." Christian Kraufer merkt seinem Gegenüber deutlich dessen Nervosität an, bevor er anfängt zu erzählen. „Ich habe große Angst getötet zu werden. Es sind schon andere für wesentlich weniger Infos von den Elbbrücken geflogen. Aber es ist jetzt eh zu spät. Kann ich noch einen Kaffee haben, bitte?" Kraufer nickt und macht diesbezüglich eine kurze direkte Ansage zu seinen Kollegen. Nun freut er sich auf eine Tasse schwarzen Kaffee. Feuerbach atmet einmal tief durch, bevor er fortfährt. „Der Umschlagplatz ist eine große Versicherungsagentur. Sie schließen dort auch Versicherungen ab, das eigentliche Geschäft ist jedoch der Drogenhandel. Dort kommen und gehen täglich Anzugträger mit Aktenkoffern ein und aus, nur dass sich in deren Koffern meistens gar keine Akten, sondern sämtliche angesagten Drogen befinden. Hauptsächlich jedoch Koks und Heroin. Sie lagern die Drogen im Aktenkeller. Von dort aus hat man einen direkten Zugang zum Wasserweg. Im Keller befinden sich sogar zwei Motorboote und ein Lastenkran für den Notfall." Auf Nachfrage verrät er den Namen der Agentur und die genaue Adresse. Die eigentliche Drogenküche, in der die Rohware direkt nach der Anlieferung weiter verarbeitet wird, befindet sich in Hamburg Othmarschen in direkter Anbindung zur A7, zum Elbtunnel. Auch hier kann Feuerbach die genaue Adresse mitteilen. „Sagen Sie, wie kommt es, dass Sie als, entschuldigen Sie bitte die Ausdrucksweise, kleiner Fisch, so viel Wissen haben?" „Meine Mutter war bis zu ihrem Tod vor neun Jahren mit Simmer leiert. Ich war damals erst achtzehn Jahre alt, als wir nach Hamburg gezogen sind. Ich konnte ihn nie wirklich leiden. Er ist brutal und ohne Skrupel. Meine Mutter ist für ihn gestorben, die Kugel hätte ihn treffen sollen, nicht sie. Deshalb ging es mir bei ihm verhältnismäßig gut. Er hat mir mehr vertraut als manchem anderen, doch er hat mich auch zu Dingen gezwungen, die nie wieder aus meinen Gedanken verschwinden werden. Ich kann Ihnen alle seine Unterschlüpfe verraten, und das sind viele. Sie sollten aber nicht zu lange warten, um ihn festzunehmen. Er braucht nur fünfzehn Minuten, um seine Spuren in der Versicherung komplett zu vernichten, damit hat er ständig geprahlt. Er hat alles durchgeplant bis auf das kleinste Detail. Momentan hält er sich nicht direkt in Heidlaufen auf, sondern in einem Motel nahe dem Autobahnkreuz. Ich habe noch den Schlüssel in der Tasche, wir sind da alle drei untergebracht." Jetzt ist Roman Feuerbach soweit, dass er alle Details preisgibt und alle Personen aus Bob Simmers Umfeld verrät. Wie sich herausstellt, arbeiten Simmer und Eichstätter nicht erst seit kurzem zusammen, sondern sind schon seit Jahrzehnten Geschäftspartner. Zu dem Mordfall in den Waschräumen berichtet Feuerbach ebenfalls. „Die Ermordete in der Damentoilette hieß Sandra Berghuser und arbeitete seit mehr als zwanzig Jahren als Kurier für Eichi. Nachdem die Tür sich verriegelt hatte, wollte sie plötzlich mehr Geld. Als Gefahrenzulage verlangte sie doppelt so viel wie sonst immer. Eichi ging mit ihr in den Damenbereich, und ich dachte erst, dass sie eine Nummer schieben wollen. Doch was stattdessen geschah, wissen Sie ja. Ulli Lehnertz hat nicht wirklich etwas mit der ganzen Sache zu tun. Sie macht halt, was Eichstätter ihr sagt, schon wegen des Kindes. Sie ist bestimmt froh, wenn er einfährt." Kraufer schaut zu Feuerbach herüber, „das klingt jetzt alles so, als sollte dem Zeugenschutzprogramm nichts mehr im Wege stehen. Wir werden Sie zur Sicherheit jetzt erst einmal hier im Haus unterbringen. Ich melde mich später bei Ihnen." Daraufhin betritt ein Polizeibeamter den Raum und führt Feuerbach ab. In der Zwischenzeit sind die meisten Mitglieder der Soko EKZ-Nord im Präsidium eingetroffen, und Hauptkommissar Kraufer gibt eine kurze Zusammenfassung der wichtigsten Erkenntnisse sowie Anweisungen für das unmittelbar bevorstehende Vorgehen in Sachen der Verhaftungen von Herbert Eichstätter und Bob Simmer. „Roman Feuerbach wird vorrübergehend in einer Zelle im Gebäudekomplex des Präsidiums untergebracht. Bis zu der anstehenden Verhandlung wird er in ein sicheres Versteck gebracht werden müssen ebenso wie auch Sarah Mirkowsky. Es ist nicht ausgeschlossen, dass ein weiterer Anschlag auf ihr Leben verübt werden wird, wenn wir sie nicht schützen. Simmer und Eichstätter müssen in den nächsten Minuten dingfest gemacht werden, noch bevor die Hamburger Kollegen tätig werden." Oberkommissarin Andrea Meiller meldet sich zu Wort. „Nur kurz, ich habe Unterstützung angefordert, die Kollegen müssen jeden Moment hier eintreffen. Für ein Sondereinsatzkommando fehlt uns leider die Zeit." „Gut!", Christian Kraufer gibt letzte Anweisungen. „Das Ziel ist das Motel am Autobahnkreuz, hier befinden sich höchstwahrscheinlich Simmer und Eichstätter in den Zimmern elf und zwölf. Es ist jetzt sechs Uhr und zehn Minuten, wir haben nicht mehr viel Zeit, bis die Zielpersonen realisieren, dass Feuerbach in Gewahrsam genommen wurde und eine potentielle Gefahr von ihm ausgeht. Martin, kommt ihr mit den Kollegen über die A39. Andrea und ich nehmen die Bundesstraße bis zum offiziellen Motel-Parkplatz. Wir nehmen Zivilfahrzeuge. Die Kollegen stehen auf Abruf bereit an der Ecke zur Auffahrt Ost, das sind höchstens vierzig Sekunden bis zur Hinterseite des Motels. Ihr erinnert euch an den Fall Reuter? Damals haben die Kollegen auch auf der Hinterseite eingreifen können, da dadurch alle Fluchtwege versperrt waren. Ich werde die Abfahrten sperren lassen, dass uns kein Zivilfahrzeug in die Queere kommen kann. Piet und Juliane, ihr postiert euch hinter dem Nebengebäude, dem Diner, das öffnet erst um halb acht. Juliane stell mir eine Verbindung zu dem Motel her, in der Zwischenzeit bereitet ihr euch vor, ein Schusswechsel ist eher wahrscheinlich als unwahrscheinlich."

Alle sich im Einsatz befindlichen Beamten sind stark konzentriert, schusssichere Westen werden angelegt, Kleidung und Waffen kontrolliert. Die direkte Kommunikation untereinander erfolgt während des Einsatzes über Zeichensprache sowie über Headsets und InEars via Bluetooth, für diesen Einsatz ein grandioser Fortschritt im Bereich der Technik. Kurz bevor vier Einsatzfahrzeuge starten, darunter zwei zivile Wagen, steckt Kraufer sich Feuerbachs Schlüssel zum Motel Zimmer Nummer zehn in die Ärmeltasche seiner als Windjacke getarnten Einsatzjacke. Das Gespräch mit dem Motel verlief digital, eine Bandansage verkündete, dass ab sechsuhrdreißig die Zentrale wieder besetzt sei. Die Zufahrt zum Motel ist derzeit durch eine Streife in Zivil gesichert, so werden mögliche Kunden daran gehindert, das Gelände zu befahren und gleichzeitig deren Personalien registriert und überprüft. Auf diese Weise wird man dann in den nächsten Minuten auch den Betreiber der Anlage abfangen können. Zudem sind zwei Krankenwagen in sicherer Entfernung positioniert. Gefährlich wird es in dem Moment, wenn Eichstätter und Simmer das Motel vor Eintreffen des Einsatzkommandos verlassen sollten. Die Nerven des Hauptkommissars liegen blank, die Anspannung und Konzentration verteilen das körpereigene Adrenalin bis in jede Finger- und Zehenspitze. Die meisten der anwesenden Beamten sind seit Jahren dabei und wissen ganz genau, worauf es ankommt und auch wie wichtig ihre Konzentration auf jeden äußeren Einfluss sein kann. Die Atmung der Kommissare wird flacher, und jede einzelne Bewegung wird gut durchdacht. Als ihr Fahrzeug die Zielposition erreicht, genügt ein verstohlener Blick zum Diner, um Hauptkommissar Christian Kraufer aufatmen zu lassen. Piet hat sich ihm zu erkennen gegeben, was bedeutet, dass Juliane und er einsatzbereit sind und nur auf sein Zeichen warten, um eingreifen zu können. Wenn ein Pärchen um diese Zeit in ein Motel fährt, will es meistens nur das Eine. Für den Fall, dass ihr Eintreffen auf dem Parkplatz von Eichi oder Simmer registriert wird, müssen die beiden Kommissare glaubhaft wirken und turteln daraufhin gekonnt herum. Dabei drehen sie sich im Halbkreis und erkunden so die Umgebung. Außer ihren Kollegen bemerken Oberkommissarin Andrea Meiller und Hauptkommissar Christian Kraufer keine weiteren Personen. Auf der Rückseite des Gebäudes haben sich zeitgleich die zu Hilfe gerufenen Kollegen postiert. Auf ein Zeichen von Kraufer werden sie die rückseitigen Fensterscheiben einschlagen, während vier inzwischen eingetroffene Beamte, welche sich unbemerkt unterhalb der Fenster bis zu den Türen der Motel Zimmer Elf und Zwölf geschlichen haben, zeitgleich die Türen eintreten werden. Zwei Scharfschützen haben ebenfalls ihre Positionen eingenommen, um im Notfall eingreifen zu können. Langsam nähern die Kommissare sich dem Gebäude, zeitgleich machen sich Juliane und Piet zum Sprint bereit. Andrea merkt, wie ihr der Schweiß langsam anfängt, den Rücken herunter zu laufen. Es ist Mitte Dezember, bis auf die Weihnachtsbeleuchtungen auf dem Motel und vor dem Diner ist es noch dunkel und sehr kalt, trotzdem lässt die Anspannung die Körpertemperaturen der sich im Einsatz befindenden Beamten ansteigen. Die nächsten Sekunden sind die entscheidenden, Christian Kraufer gibt den Einsatzbefehl zur Stürmung der Zimmer. Jeder Handgriff, jede Bewegung muss jetzt sitzen. Ohrenbetäubender Lärm ertönt durch das Klirren der zerschmetternden Fensterscheiben und die aus den Angeln fliegenden Zimmertüren. Ein Schuss ist zu hören und lässt die Situation erstarren, genau in dem Moment ausgeführt, als Bob Simmer unter sein Kopfkissen greift, um einen schwarzen Gegenstand hervorzuziehen. Dieser Schuss lässt nicht nur die Situation, sondern auch die Bewegungen und Gesichtszüge der Hamburger Drogengröße genau in diesem Moment erstarren. Andrea Meiller sichert den schwarzen Gegenstand und hält ihn in die Luft. Fast zeitgleich überprüft die Oberkommissarin mit Zeige- und Mittelfinger ihrer rechten Hand den Puls Simmers. Danach schüttelt sie den Kopf. Langsam senkt sich ihr linker Arm wieder, das schwarze Handy des Hamburgers ist immer noch fest von ihrer Hand umklammert. Als Hauptkommissar Christian Kraufer bewusst wird, dass er in diesem Moment einen unbewaffneten Verdächtigen aufgrund eines Handys in dessen Hand erschossen hat, wird ihm ganz anders. Er gibt ein Zeichen, und die Beamten eilen daraufhin ihren Kollegen im Motel, Zimmer Nummer elf, zur Hilfe. Dort ist alles nach Plan gelaufen, und Herbert Eichstätter konnte ohne große Probleme festgenommen werden.

Christian Kraufer muss jetzt funktionieren. Dazu ist er zu lange bei der Truppe, denkt er, um jetzt kurz vor dem Ende seiner Laufbahn noch zusammen zu brechen. Er verdrängt für den Moment seine persönlichen Belange und zückt sein Handy, um die Hamburger Kollegen darüber zu informieren, dass Bob Simmer seine Hamburger Freunde nicht mehr warnen kann und nun umgehend die Zugriffe in der norddeutschen Metropole erfolgen können. Allen anwesenden Beamten ist bewusst, dass dieser Einsatz nicht so verlaufen ist, wie er hätte sein sollen. Auch werden sie sich internen Ermittlungen stellen und viele ausführliche Berichte schreiben müssen, bei denen es auf jedes Wort und jede Formulierung ankommen wird. Oberkommissarin Andrea Meiller begibt sich mit ihrer Kollegin und Kommissarin Juliane Meyer erneut in das Zimmer des im Einsatz erschossenen Drogenhändlers. Zum Aufatmen aller

Beteiligten stellt sich dann heraus, dass sich unter dem Kopfkissen Simmers nicht nur ein Handy, sondern auch eine Handfeuerwaffe befunden hat. Diese Tatsache entlastet ihren Chef sehr, und Andrea würde Christian nun am liebsten in den Arm nehmen, da sie sich leider aus eigener Erfahrung denken kann, wie er sich jetzt fühlt. Der Fakt, dass eine Pistole unter dem Kissen Simmers gefunden wurde, lässt Christian Kraufer aufatmen und von einer Sekunde auf die andere wieder positiv in die Zukunft blicken.

Die Spurensuche und die Rechtsmedizin nehmen in diesem Moment im Motel ihre Arbeit auf. Die Handys von Simmer und Eichstätter werden zur kriminaltechnischen Untersuchung mit auf das Präsidium genommen, insgesamt wurden fünf Mobiltelefone sichergestellt. Auch wird es noch eine Weile dauern, bis der Betrieb im Motel wieder normal weitergeführt werden kann. Vorsichtshalber wurden in der Zwischenzeit alle Zimmer überprüft, sehr zum Leidwesen der dort übernachtenden Gäste. Auf den ersten Blick waren keine Verbindungen zu Eichstätter oder Simmer feststellbar, somit würden vorerst keine weiteren Befragungen der anwesenden Hotelgäste nötig werden. Auf der Rückfahrt ins Präsidium setzt Andrea sich hinter das Steuerrad. Während der Fahrt wendet sie sich an ihren Chef und mittlerweile guten Freund. „Christian, ich sage das nur einmal zu dir, und damit ist für mich die Angelegenheit dann auch erledigt. Ich gehe davon aus, dass du uns mit diesem Schuss das Leben gerettet hast. Ich danke dir dafür. Er hätte genauso gut die Waffe in der Hand haben können, es war nicht aus unserer Position genau zu erkennen." Nach diesen bewegenden Worten seiner Kollegin atmet Christian Kraufer tief durch, bevor ein „Danke" über seine Lippen kommt. Kurz bevor sie am Präsidium ankommen, klingelt Kraufers Handy. Ein Anruf aus Hamburg erreicht ihn. Acht von zehn Verhaftungen sind erfolgreich abgeschlossen worden, ein vertrauter Mitarbeiter Simmers konnte flüchten, und ein weiterer Geschäftspartner der Kiezgröße war unter der angegebenen Adresse offenbar nicht bekannt. Die Fahndung nach diesen beiden Personen läuft. Der als Versicherung getarnte Drogenumschlagplatz wurde mit Hilfe der Wasserschutzpolizei gesichert und konnte mit vereinten Kräften von Zoll, Kripo und Polizei ausgehoben werden. Die ersten Berichte sind schon unterwegs ins Heidlaufener Präsidium, heißt es. Bei dem Wort Berichte kommt ein gewisses Unbehagen auf, und Christian Kraufer merkt, wie sein Puls leicht in die Höhe schnellt. Seinen Kollegen wird es sicherlich ähnlich ergehen, denkt er und hat überhaupt keine Lust, auf diesen Vorfall angesprochen zu werden. Am liebsten würde er jetzt in diesem Moment nach Hause fahren und sich wieder in das Bett neben seine Süße legen. Ein Blick auf die Uhr im Cockpit ihres zivilen Dienstwagens sagt ihm, dass seine Frau um diese Uhrzeit nicht mehr im Bett liegen wird. Im Gegenteil, wahrscheinlich wartet sie jetzt sehnsüchtig auf einen Anruf von ihm, um zu wissen, ob es ihm gut gehe und was genau passiert sei. Die Nachrichten sind ja leider schon voll mit den Ereignissen um das Motel am Autobahnkreuz. Er hat Angst, sich mehrfach erklären zu müssen, als seine Kollegin Andrea und er das Präsidium betreten. Er spürt die Blicke sowie die Verunsicherung seiner Kollegen. Piet und Juliane hatten gleich vor Ort, am Motel, das Gespräch mit Ihm gesucht. Polizeioberkommissar Martin Simmels kommt ohne Umschweife direkt auf ihn zu und klopft ihm auf die Schulter, als Marianne abgehetzt das Großraumbüro betritt. „Was ist genau passiert? Seid ihr alle okay?" Christian Kraufer antwortet laut und deutlich, so dass es gleich mehrere anwesende Kollegen hören können. „Ja. Ich habe im Einsatz einen der Verdächtigen erschossen, die Hamburger Kiezgröße Bob Simmer. Das heißt für mich nun, einen langen und ausführlichen Bericht zu schreiben." Ein bedauerndes Raunen geht durch das Großraumbüro, als Rosa Roggenpohl sich schnellen Schrittes nähert. Daraufhin löst sich die sich inzwischen gebildete Menschentraube um den Hauptkommissar auf, denn alle wissen, dass die Psychologin ihren Chef gleich zu einem Gespräch unter vier Augen bitten wird. Normalerweise bittet Rosa in ihr Büro zur Gesprächstherapie, dieses Mal macht sie jedoch eine Ausnahme und geht mit Christian in dessen Büro, in unmittelbarer Nähe. „Wie geht es denn der Familie Beidenfeld?", lenkt der Hauptkommissar ab. „Den Umständen entsprechend leider eher schlecht. Frau Beidenfeld war heute Morgen so weit gefasst, dass ich gehen konnte. Ihre Schwägerin nimmt die beiden älteren Kinder für ein paar Tage zu sich." Sie schaut Christian an und spricht ruhig und verständnisvoll weiter. „Christian, wie geht es dir? Magst du mir erzählen, was genau passiert ist?" Eine gute halbe Stunde sind die beiden in seinem Büro. Trotz der ganzen Hektik und vielen noch ungeklärten Fragen stört niemand die Psychologin und den Hauptkommissar bei deren Gespräch. Zum Glück sind beide erleichtert, als Rosa das Büro wieder verlässt. Sie hat ihren Kollegen als durchaus arbeitstüchtig und mental gefestigt, um gut und objektiv mit der Situation umzugehen eingeschätzt. Christian Kraufer nutzt diesen Moment der Stille und ruft seine Frau an. Nach dem doch befreienden Gespräch mit der Psychologin fällt es ihm nun leichter, über die Ereignisse im Motel zu reden. Er schafft es in wenigen Sätzen, seine Süße glaubhaft zu beruhigen, als Marianne an seine Bürotür klopft und er daraufhin das Gespräch mit seiner Frau beendet. „Christian, passt dir das jetzt, dass ich dir von dem Gespräch mit Sarah Mirkowsky erzähle?" Er überlegt einen kurzen Moment, bevor er antwortet. „Marianne, sag doch bitte allen Bescheid, dass wir in fünf Minuten eine Kaffeepause im Besprechungsraum machen. Dann können wir uns gleich alle auf den neuesten Stand bringen

.

Zur gleichen Zeit im Krankenhaus. Aus der Sicht von Sarah Mirkowsky:

Mir geht es immer noch nicht viel besser. Ganz früh war Visite, und sie haben den Verband gewechselt. Dabei ist es gar kein richtiger Verband, sondern eher ein mutiertes Pflaster. Es abzuziehen hat mich schon wieder mit den Tränen kämpfen lassen. Dann haben sie auch noch zu Dritt auf die Narbe gestarrt und komische Bemerkungen gemacht. Jetzt habe ich Angst, dass es sich entzündet hat, zu allem Überfluss tut es auch noch höllisch weh. Als ich den Arzt dann gefragt

habe, wann ich denn ungefähr meine Weihnachtseinkäufe machen könne, hat er stark gelächelt, das habe
ich genau gesehen, auch wenn er versucht hat, sein
Lächeln zu verbergen. Dieses Jahr nicht mehr, hat er
doch glatt gesagt. Es sei jetzt wichtig, wieder ganz gesund zu werden und dass die Narbe in Ruhe heilen
muss. Als sie wieder draußen waren, habe ich erneut
angefangen zu weinen. Ich verstehe das gar nicht, ich
war doch sonst auch keine Heulsuse, aber seitdem ich
hier im Krankenhaus bin, kann ich gar nicht mehr damit aufhören. Zum Glück war gerade eine nette Polizistin von der Kripo hier und hat mich total ausge-
fragt. Ich habe ihr alles erzählt, was mir aufgefallen
und auch wieder eingefallen ist. Ich kann mein Glück
gar nicht fassen, aber sie hat mir angeboten, für meinen Bruder das gewünschte Buch zu besorgen und
für meinen Neffen eine Guthabenkarte für sein Pre-
paidhandy. Sogar zwei Knochenporzellanbecher aus
englischem Porzellan will sie für meine Schwägerin
einkaufen. Ich glaube, ich habe ihr leidgetan. Als sie
zur Tür hereinkam, war ich gerade mal wieder am
Weinen, sie dachte, dass es stark schmerze. Ich habe
ihr daraufhin erzählt, dass mein größter Kummer zur
Zeit sei, dass ich meine Weihnachtsgeschenke nicht
rechtzeitig besorgen könne. Naja, und dass es mich so
verletzt, dass Roman mir etwas antun wollte, aber das
mit der Stichverletzung war er nicht, das hat er mir
geschworen. Was mich jetzt doch etwas verwundert
ist, dass vor meiner Krankenzimmertür immer noch
ein Beamter sitzt, zwar nicht mehr der nette von heute
Nacht, aber einer sitzt da noch, das kann ich sehen,
sobald die Tür aufgeht. Ich muss noch eine ganze

Woche hierbleiben, heißt es. Das ist für mich irgendwie alles ein Bisschen zu viel. Meine ganze Planung ist dahin. Frau Falkenstein, so heißt die Polizistin, hat mir versprochen, morgen wieder vorbeizuschauen und mir dann zu berichten, wie lange der Polizist noch vor meiner Tür sitzen muss und warum eigentlich? Das habe ich alles noch nicht so ganz verstanden. Jetzt bin ich total erledigt, ich habe vorhin ein Schmerzmittel bekommen, es scheint zu wirken, und ich merke, wie mir die Augen wieder zufallen.

Im Präsidium:

Alle ermittelnden Beamten sitzen gespannt um den Besprechungstisch. Der ganze Raum riecht nach frischem Kaffee, während Hauptkommissar Kraufer erzählt. Zuerst berichtet er von den Ereignissen der Nacht, als Müller ihn aus dem Bett geklingelt habe und der darauf folgenden, anstrengenden Vernehmung von Roman Feuerbach. Eine kurze Zusammenfassung der Ereignisse um das Motel und den Fahndungserfolgen und Festnahmen folgen durch die Hamburger Kollegen. Die Tatsache, dass Roman Feuerbach in den Zeugenschutz aufgenommen wird und als Kronzeuge gegen Herbert Eichstätter sowie mehrere Hamburger Drogenhändler aussagen wird, lässt ein Raunen durch den kleinen Raum tönen. Dass Roman Feuerbach der Stiefsohn Bob Simmers war und somit maßgeblich zu den Ermittlungserfolgen beigetragen hat, überrascht einige der Kollegen. Dunkel erinnert Piet sich, vor ein paar Jahren von dem Tod Feuerbachs Mutter in Hamburg gehört zu haben. Was die

Beamten jetzt aber vor eine schwierige Frage stellt, ist das weitere Vorgehen in Sachen Sarah Mirkowsky. Einen kurzen Moment später wird Christian Kraufers Stimme wie auch seine Mimik ernster. „Auch sie ist eine wichtige Zeugin. Selbst wenn sie Bob Simmer nicht mehr wirklich belasten kann, dann doch aber Eichi. Er hat übrigens noch vor ein paar Minuten jede Aussage verweigert und will sich erst nach Eintreffen und Beratung mit seinem Anwalt zu den Vorfällen im EKZ-Nord äußern. Herbert Eichstätter ist vom kleinen Verbrecher zum Drogenhändler und brutalen Mörder auf,- oder besser gesagt abgestiegen. Er hat Verbindungen in viele Richtungen und wird sicherlich nicht zögern, die beiden ihm gefährlich werdenden Zeugen zu beseitigen. Wir müssen verhindern, dass sich ihm die Möglichkeit dazu bietet." Christian Kraufer und seine Kollegen beschließen, Sarah Mirkowsky, zumindest bis nach der Verhandlung, in das Zeugenschutzprogramm aufzunehmen. Sobald Eichstätter rechtmäßig verurteilt wird, kann sie ihr normales Leben wieder fortsetzen wie bisher, da sind sich die Beamten einig. Bei Roman Feuerbach verhält sich die Angelegenheit deutlich anders, denn sein Leben ist für viele Jahre in Gefahr, und für ihn wird es kein Zurück in sein bisheriges Leben mehr geben. Marianne erzählt von der Befragung Sarah Mirkowskys wie auch den vielen wichtigen Details, die sicherlich mit zur Verurteilung Eichstätters beitragen werden. „Sie kann sich dunkel daran erinnern, seine buschigen Augenbrauen über ihr gesehen zu haben, bevor sie im Flur des Einkaufszentrums erneut das Bewusstsein verlor." Marianne erklärt sich bereit, morgen Vormittag ausführlich mit Sarah Mirkowsky über ihre Zeugensituation zu sprechen. Sie bittet jedoch ihre Kollegin Andrea, sich mit der Familie Mirkowsky in Verbindung zu setzen. Das wird nicht nur für Sarah eine harte Zeit werden, sondern auch für ihre Familie. Aus Sicherheitsgründen werden sie sich über Monate weder sehen noch miteinander telefonieren dürfen. Dann erwähnt die Kommissarin noch, dass sie sich bereit erklärt habe, ein paar Weihnachtsgeschenke im Auftrag von Sarah zu besorgen. „Es macht mir nichts aus, ich bin doch sowieso allein und habe Zeit dafür, ihr war es so wichtig, die Geschenke für ihre Familie einzukaufen." Gerade als Marianne ihren Satz beendet hat, klopft ein Polizeibeamter an die Tür des Besprechungsraums und verkündet, dass Herbert Eichstätter nach Rücksprache mit seinem Anwalt beschlossen habe, keinerlei Aussage vor seiner Verhandlung zu machen. Die ermittelnden Beamten sind sich sicher, dass dieser Prozess auch durch Indizien und die Zeugenaussagen von Mirkowsky und Feuerbach gewonnen wird. Hauptkommissar Kraufer richtet erneut das Wort an sein Team. „Ursula von Lehnertz hat zugestimmt, um zwölf Uhr im Präsidium zu erscheinen. Bis dahin möchte ich euch jetzt bitten, eure Berichte zu schreiben. Ich werde einen Haftbefehl beantragen sowie die Überführung Eichstätters in das Untersuchungsgefängnis veranlassen. Roman Feuerbach wird nachher noch einmal vernommen. Die Hamburger Kollegen haben an ihn auch noch ein paar Fragen zu unterschiedlichen Personen übermittelt. Danach werden wir Feuerbach mit Hilfe der Staatsanwaltschaft an einen sicheren Ort bringen müssen. Marianne, bist du bereit, mit mir zusammen für das Zeugenschutzprogramm zuständig zu sein? Natürlich nur, bis sich die Zeugen in ihrem sicheren Versteck befinden. Vor Ort wird eine Spezialeinheit tätig sein." Überrascht stimmt die Kommissarin freudig zu. Sie ist glücklich darüber, dieses Vertrauen von ihrem Chef erhalten zu haben. „Jetzt kommt der unangenehme Teil der Polizeiarbeit", denkt sich Christian Kraufer und verweist noch einmal darauf, dass nun die Berichte geschrieben werden müssten. Da er immer besonders penibel mit Rechtschreibung und Grammatik umgeht, dauern seine Berichte auch etwas länger. Es ist mehr als einmal vorgekommen, dass er abends zu Hause anstatt vor dem Fernseher an seinem Schreibtisch saß, um Berichte zu schreiben. Dieser aktuelle Bericht scheint ihn doch mehr zu belasten, als er sich eingestehen will. Bis zu diesem Schuss aus seiner Dienstwaffe, kann er flüssig schreiben, doch dann braucht er eine Pause. Der Hauptkommissar holt sich eine Tasse frisch gekochten Kaffee und zwei Kekse, dann schlendert er langsam zurück in die Richtung seines Büros. Er bemerkt während er an Andreas Bürotür vorbeigeht, dass sie offenbar privaten Ärger haben muss. Ganz gegen ihre sonstigen Gewohnheiten legt sie den Telefonhörer genau in dem Moment, als er sie grüßen will, ziemlich unsanft auf ihrem Schreibtisch ab. Christian stockt und sagt: „Klopf, klopf, darf ich eintreten?" „Ja, komm rein! Mein Sohn ist in der Pubertät. So wie es aussieht, muss ich morgen Vormittag bei seiner Klassenlehrerin antreten." Christian reagiert blitzschnell. „Nimm dir morgen frei, jetzt geht es zeitlich doch." „Oh, bloß nicht, dann ärgere ich mich womöglich den ganzen Tag. Ich komme etwas später und berichte dann. Danach brauche ich bestimmt viel Arbeit, um mich abzulenken." Christian Kraufer bietet ihr einen Keks an, und sie beißt immer noch etwas in Rage davon ab. „Oh, wie alt ist der denn? Der schmeckt gar nicht mehr. Wir haben doch neue Kekse im Schrank." Ihr Chef und langjähriger Kollege probiert den anderen Keks und gibt Andrea daraufhin Recht. „Ich hole dir jetzt einen Kaffee und bringe uns neue Kekse mit", sagt er und macht sich erneut auf den Weg zur Küche. Dort angekommen, wird ihm bewusst, dass er gerade dabei ist, sich abzulenken, um nicht an seinem Bericht weiter schreiben zu müssen. Nach dieser kurzen Kaffeepause kann er mit neuer Kraft den Schluss seines Berichtes verfassen und ist richtig erleichtert, als er die fertige Datei wieder schließen kann. Erst jetzt fällt ihm wieder ein, dass Andrea ja immer noch die achtzehn Euro für den hübschen Blumenstrauß bekommt. Es ist fünf vor zwölf, und da Ursula von Lehnertz jeden Moment zu ihrer Vernehmung eintreffen wird, verschiebt der Hauptkommissar das Vorhaben „Blumenstrauß" auf einen anderen Zeitpunkt. Nur Sekunden später steht Lilian in der Bürotür, um ihren Chef darüber zu informieren, dass Frau von Lehnertz im Besprechungsraum eins sitze. Bei der Vernehmung einer weiblichen Person ist es immer von Vorteil, eine Beamtin anwesend zu haben; so hat sich Oberkommissarin Andrea Meiller auch bereit erklärt, die Befragung von Ursula von Lehnertz durchzuführen. Gemeinsam gehen die beiden Kommissare in den Raum, in dem eine sichtlich verängstigte Frau sitzt. Nach der Belehrung von Andrea Meiller fängt Ursula von Lehnertz an zu erzählen. Sehr zur Verwunderung der anwesenden Beamten nimmt sie kein Blatt vor den Mund und belastet sich sogar selbst, zumindest der Mitwisserschaft. „Wissen Sie, für mich ist es wichtig, dass ich vor Herbert nicht als Ratte dastehe. Ich werde vor Gericht nicht gegen ihn aussagen, wir haben eine gemeinsame, zehnjährige Tochter. Trotzdem bin ich froh, dass er für Jahrzehnte aus unserem Leben weggesperrt wird. Bitte verurteilen Sie mich auf Bewährung wegen irgendetwas. Vielleicht Vertuschung einer Straftat oder ähnliches." Die Beamten schauen sich kurz an, doch Frau Lehnertz erzählt weiter. „Es ist so, dass meine Tochter und ich jetzt die Chance haben, ein neues Leben zu beginnen, ohne die Angst, von Herbert zu Dingen gezwungen zu werden, die wir nicht wollen. Wenn er nicht verurteilt wird, …" Sie stockt und fährt dann aber fort. „Er hat damit geprahlt, die beiden Frauen erstochen zu haben. Er muss aus unserem Leben verschwinden. Meine Schwester wohnt in Bremen, wir können zu ihr ziehen, bis wir eine eigene Wohnung gefunden haben. Herbert wird das verstehen, wenn ich ihm mitteile, dass ich nicht näher in Heidlaufen und Umgebung wohnen bleiben kann, nachdem er inhaftiert wurde. Bitte verurteilen Sie mich, dass ich wenigstens eine Bewährungsstrafe bekomme. Er darf nie herausfinden, dass ich hier so offen mit Ihnen spreche." Andrea antwortet ihr, dass es Sache der Staatsanwaltschaft sei, Anzeige zu erstatten. Dennoch würden die Chancen gut stehen, dass ihr Plan wahr werden könne, immer vorausgesetzt, dass sie die Wahrheit sagen würde. Ursula von Lehnertz darf nach der Vernehmung wieder nach Hause gehen und sich weiter um ihre Tochter kümmern. Oberkommissarin Andrea Meiller wird ihren Bericht schreiben und ihn umgehend an die Staatsanwaltschaft weiterleiten. Christian will Andrea in ihr Büro folgen, da fällt ihm wieder dieser Blumenstrauß ein. „Ich muss den jetzt endlich bezahlen", denkt er, „damit er mir nicht ständig durch den Kopf geht. Ich brauche mein Hirn für wichtigere Dinge!" Schnellen Schrittes holt er einen Zwanzigeuroschein aus seiner Aktentasche im Büro und flitzt schon fast über den Gang. Doch er ist zu spät, Marianne sitzt bei Andrea. Er registriert, dass sich die beiden Frauen sehr angeregt unterhalten, und geht davon aus, dass sie bestimmt über private Dinge reden, wie zum Beispiel Andreas pubertierenden Sohn. Gesenkten Hauptes trottet er in die Küche und holt sich den siebten Kaffee für diesen jetzt schon sehr langen Tag. Sein Emailpostfach ist gut gefüllt. Für die nächste halbe Stunde sichtet und beantwortet er Fragen der Hamburger Kollegen. Nun hat er genug Input, um Roman Feuerbach erneut zu vernehmen, und veranlasst, ihn in den Besprechungsraum bringen zu lassen. Er bittet seine Kollegen Fritz Marster und Martin Simmels Feuerbach gemeinsam mit ihm zu befragen. Der vorerst Inhaftierte vermittelt einen ganz anderen Eindruck, als er es noch in der Nacht tat. Entspannt und fest entschlossen antwortet Roman Feuerbach auf jede der ihm gestellten Fragen. „Wissen Sie, Herr Kommissar, ich werde ein neues Leben beginnen und diese Chance für mich nutzen. Ich will mein Geld zukünftig ehrlich verdienen und vielleicht sogar heiraten", er strahlt, und die Beamten sind jetzt leicht verunsichert. Hauptkommissar Kraufer beschließt im Anschluss an diese Vernehmung, Rosa Roggenpohl zu bitten, sich mit Feuerbach zu unterhalten, um seinen Geisteszustand zu überprüfen. Noch sitzt er da vor ihnen, doch was ist denn, wenn er gar nicht zurechnungsfähig ist? Die Gedanken fahren für ein paar Sekunden Achterbahn bei Kraufer und seinen Kollegen, offenbar haben sie ähnliche Befürchtungen. Roman Feuerbach beantwortet freudestrahlend auch die letzten zwei Fragen der Hamburger Kollegen, dann wird er vorübergehend wieder in seine Zelle geführt. Als Polizeikommissar Fritz Marster und Polizeioberkommissar Martin Simmels sich erheben wollen, macht Christian Kraufer eine schnelle Handbewegung, und die beiden Beamten setzen sich erneut auf ihre Stühle. „Was ist, wenn er nicht die Wahrheit gesagt hat? Nach dieser Vernehmung von Roman Feuerbach sind mir Zweifel gekommen." Christian Kraufer merkt, wie sein Puls deutlich in die Höhe geht, und er spricht weiter. „Was ist, wenn nicht Eichstätter die beiden Frauen erstochen hat, sondern Feuerbach?" Martin schaltet sich in den Monolog seines Chefs ein. „Ich kann das nicht glauben, Marianne hat doch mit Sarah Mirkowsky gesprochen. Ich bitte sie her." Er springt auf und verlässt den Raum. „Es ist schon merkwürdig, mit welcher Freude und Gelassenheit er reagiert hat. Das wäre eine Katastrophe, wenn er der Haupttäter und Mörder ist." Fritz stützt seine Ellenbogen auf den Tisch und ist sichtlich verunsichert. Christian Kraufer seufzt laut, als Marianne und Martin den Raum betreten. Sie fängt gleich an zu erzählen. „Christian, das glaube ich nicht. Eichstätter ist der Mörder, nicht Feuerbach. Sarah ist sich ganz sicher, dass Eichi auf sie zugegangen ist im Flur zum Ladenbereich, Feuerbach war schon außer Sichtweite. Sind die Handys schon ausgewertet? Vielleicht ist ihres ja dabei, sie hat doch gefilmt." Erleichtert ordnet Christian Kraufer den Feierabend für diesen Tag an. Marianne soll morgen Vormittag wie besprochen zu Sarah Mirkowsky ins Krankenhaus, und Andrea, nachdem sie in der Schule war, um über ihren pubertierenden Sohn zu sprechen, zu den Eltern von Sarah Mirkowsky fahren. „Ich werde jetzt die Ergebnisse der Vernehmung nach Hamburg übermitteln, vorher werde ich aber noch ausführlich mit Rosa sprechen, dass sie sich nach Möglichkeit heute noch mit Feuerbach unterhält, das lässt mir keine Ruhe. Auch werde ich gleich in der Technik nachfragen, was die Auswertung der Handys ergeben hat. Wir sehen uns alle morgen früh um zehn Uhr zur Besprechung wieder."

Christian Kraufer ist müde und irgendwie total erledigt, nimmt sich aber fest vor, alles Wichtige noch zu erledigen, bevor er das Präsidium verlässt. Das Telefonat mit der Psychologin dauert keine zwei Minuten, und Rosa sagt zu, umgehend mit Roman Feuerbach zu sprechen sowie direkt im Anschluss an das Gespräch den Heidlaufener Hauptkommissar über ihre Erkenntnisse zu informieren. Die Fragen der Hamburger Kollegen hat Feuerbach ebenfalls alle beantworten können. Er hat nicht einmal gezögert und alle Fakten preisgegeben. Jetzt kommen Christian

Kraufer wieder Zweifel, ob er nicht nur die Person beschuldigen will, die seine Mutter maßgeblich auf dem Gewissen hat, oder ob seine Aussagen tatsächlich der Wahrheit entsprechen. Kraufer versucht diese Gedanken zu verdrängen und hofft, dass Rosa sich bald bei ihm meldet. Der Hauptkommissar ist mit der schriftlichen Beantwortung der Fragen aus der Hansestadt Hamburg beschäftigt, als sein Telefon klingelt. Am anderen Ende der Leitung hört er Lilians aufgeregte Stimme. „Herr Kraufer, wir haben das Handy von Sarah Mirkowsky ausgewertet. Sie bekommen gleich eine Mail mit der Bandaufzeichnung vor dem Mord des Feuerwehrmannes, das müssen Sie sich unbedingt ansehen! Ich komme zu Ihnen." Der Hauptkommissar schaut auf seinen Bildschirm und bemerkt die frisch eingegangene Mail seiner Kollegen aus der Technik. Inzwischen steht   Lilian neben seinem Schreibtisch und rührt sich nicht, während Christian Kraufer auf den Wiedergabeknopf drückt und gespannt auf seinen zweiundzwanzig Zoll großen Flatscreen schaut. Man sieht den Flur des Einkaufszentrums, genauer gesagt, den Bereich zwischen dem Toiletten- und dem Ladenbereich. Auf der Aufnahme erkennt man in geschätzten zehn Metern Entfernung die Teenager Alice Deichler und Marie Becker.

Jetzt wird es interessant, denn man kann deutlich sehen, dass Roman Feuerbach aus dem Sichtfeld der Kamera in Richtung Ladenbereich verschwindet, stattdessen dreht sich ein Herbert Eichstätter mit deutlich erkennbaren buschigen Augenbrauen als einziger um. Danach endet die Bildaufnahme, doch der Ton läuft weiter. Lilian berichtet: „Zu diesem

Zeitpunkt muss Frau Mirkowsky das Bewusstsein verloren haben. Man hört einen dumpfen Aufprall. Zu Marianne hat sie gesagt, dass ihr schwarz vor Augen wurde, kurz nachdem sie das Handy in ihre Jackentasche gesteckt hat." Christian Kraufer drückt den Pausenknopf erneut, und die Wiedergabe der Tonaufzeichnung fährt fort. Ganz deutlich hört man eine Person sich der am bodenliegenden Sarah Mirkowsky zuwenden, dann hört man ein paar Kampfgeräusche und ein Röcheln. „Das muss der Moment gewesen sein, als Eichstätter Sven Beidenfeld die Kehle durchgeschnitten hat", meint Lilian mit zitternder Stimme. Danach hört man einen Mann reden, offenbar Herbert Eichstätter. „Das tut mir jetzt leid, Püppi, aber du weißt zu viel. Dein Pech, dass du Roman kennst." Man hört noch ein paar undefinierbare Geräusche, danach endet die Bandaufzeichnung. Der Hauptkommissar dankt seiner jungen Kollegin aus dem Innendienst. Er ist so erleichtert darüber, dass nicht etwa Roman Feuerbach doch der Mörder, sondern dass es tatsächlich Herbert Eichstätter ist. Eine sehr große Last fällt von dem Heidlaufener Hauptkommissar. In diesem Moment wird ihm bewusst, dass er dringend Feierabend machen muss. Rosa Roggenpohl klopft an seine offene Bürotür und fängt gleich an zu reden. „Meine Güte, Christian, du brauchst eine Pause, du hast Augenringe, das geht gar nicht. Ich kann dich beruhigen, meines Erachtens nach ist Roman Feuerbach im vollsten Besitz seiner geistigen Kräfte. Mir erschienen seine Aussagen durchaus glaubwürdig. Allerdings werdet ihr noch ein Problem mit der Unterbringung im Zeugenschutz bekommen." „Warum das denn?", fragt Christian die Psychologin. „Nun, er ist total verliebt in Sarah Mirkowsky. Am liebsten würde er ihr eher heute als morgen einen Heiratsantrag machen." „Auch das noch!" Entsetzt schüttelt Christian Kraufer den Kopf. „Wir haben morgen früh um zehn Uhr eine große Besprechung, Kannst du dann auch dazu kommen, Rosa?" „Klar mach ich, mach du jetzt aber bitte Feierabend und lege dich heute früh hin und schlaf dich aus!". „Ja, mache ich", am liebsten würde er „Ja, Mama" sagen, das kann er sich aber verkneifen, denn er weiß ganz genau, dass Rosa Roggenpohl Recht hat.

Es ist erst siebzehn Uhr, doch der leitende Hauptkommissar ist so müde, dass er seine Schuhe wider seinen sonstigen Gewohnheiten einfach durch den Flur schleudert. Er muss dabei sogar grinsen und findet es schade, dass seine Frau noch auf der Arbeit ist, sie hätte sich bestimmt sehr darüber amüsiert. Danach geht er auf direktem Weg in das Badezimmer und setzt sich ganz in Ruhe auf die Toilette. Es war ein sehr anstrengender Tag, und Christian Kraufer will in diesem Moment nichts sehnlicher, als sich in sein Bett zu legen, einzukuscheln und ganz lang zu schlafen. Sehr zu seinem Ärger klappt das mit dem Einschlafen nicht so ohne Weiteres. Ob es nun die vielen Becher Kaffee waren oder die Ereignisse des Tages, er findet keine Ruhe und wälzt sich von einer Seite auf die andere. Nach einer halben Stunde ist er fast so weit, wieder aufzustehen, doch dann fällt ihm der älteste Trick aller Zeiten wieder ein. Früher haben seine Süße und er ganze Staffeln an Hörspielen verschlungen. „Wo ist denn nur der Player hin?", denkt er und wühlt in seiner Nachttischschublade. Sehr zu seiner Freude findet er ihn zügig, um dann festzustellen, dass der Akku leer ist. Er erinnert sich, dass das entsprechende Ladekabel in einer Kiste im Hauswirtschaftsraum liegt, und steht auf, um es zu holen. Schnellen Schrittes stürmt er zurück in das Schlafzimmer und muss sich nun nur noch entscheiden, ob er den Pater aus England oder die drei Jungen aus Kalifornien hören will. Über diesen Gedanken muss er dann eingeschlafen sein, denn als seine Frau nach Hause kommt, schleicht sie leise in das Schlafzimmer und findet ihren Mann tief und fest schlafend, während der alte MP3-Player neben ihm auf dem Kopfkissen liegt, und nicht wie früher, schön ordentlich auf dem Nachttisch ihres Mannes steht. Sie nimmt das Gerät vorsichtig an sich und stellt den Schalter auf „off", bevor sie leise den Raum wieder verlässt. Danach stellt sie Chrissis Schuhe akkurat an ihren Platz und begibt sich in die Küche, um etwas ganz Leckeres zu kochen. Gegen halb acht duftet es herrlich nach frischer Lasagne. Als ihr Ehemann um halb elf immer noch nicht aufgewacht ist, beschließt sie, sich leise zu ihm ins Bett zu legen und ebenfalls zu schlafen. „Das Essen kann man auch am nächsten Tag noch genießen", denkt sie, bevor auch sie einschläft. Als ihr Wecker morgens klingelt, ist das Bett neben ihr leer. Sie riecht den Duft von frischem Kaffee. Kurze Zeit später geht die Schlafzimmertür auf, und Christian strahlt sie an, in den Händen hält er ein Tablett mit belegten Brötchen und zwei Tassen Kaffee. „Oh, Chrissi, Danke!" „Für meine Süße mache ich doch alles", er legt den Kopf leicht schief, „fast alles. Ich war um sechs Uhr schon hellwach und war wirklich ausgeschlafen, da bin ich tatsächlich zum Bäcker gegangen und habe zwanzig belegte Brötchen geholt." „Zwanzig?" Seine Frau setzt sich auf und schaut ihn ungläubig an. „Ja, den Rest nehme ich mit ins Präsidium, wir haben gegen zehn Uhr eine Besprechung." Da es erst kurz nach sieben ist, können die beiden in Ruhe genießen, bevor der Arbeitsalltag startet.

Oberkommissarin Andrea Meiller hat in dieser Nacht nicht gut geschlafen. Ihr vierzehnjähriger Sohn Alexander hat sich in der Schule danebenbenommen und verweigert jede Aussage zum Tatgeschehen. Mutter Andrea muss nun völlig unvorbereitet den Weg zur Klassenlehrerin antreten, den Termin hat sie um acht Uhr im Sekretariat. Seit der Scheidung ist die Erziehung ihres Kindes etwas zu kurz gekommen. Was ein Glück, dass die beiden im Haus der Großmutter untergekommen sind und sich im Obergeschoss der Villa sehr wohl fühlen. Andrea kann nachts arbeiten, ganz allein ist Alexander durch die Anwesenheit seiner Großmutter nie. Jetzt, wo ihr Sohn langsam erwachsen wird, ist es manchmal nicht leicht, der Arbeit und dem Privatleben gerecht zu werden. Wenn er auf die schiefe Bahn gleiten würde, würde sie sich das nie verzeihen. Sie nimmt die ersten Anzeichen wahr und wird umgehend handeln, beschließt sie. „Zu dumm, dass Alex so stur ist und nicht mit mir darüber reden will, was genau passiert ist", denkt sie. Die Oberkommissarin beschließt, sich über Weihnachten frei zu nehmen, nachher wird sie mit Christian darüber sprechen und alles regeln.

Im Krankenhaus geht es derzeit turbulent zu, denn Sarah Mirkowsky will nicht in den Zeugenschutz, und schon gar nicht über Weihnachten. Marianne ist total verzweifelt und versucht mit einer Engelsgeduld auf die Zeugin einzureden. Erst der Satz, dass sie nicht nur sich in Gefahr bringen würde, sondern im schlimmsten Fall ihre ganze Familie gefährdet sei, lässt die junge Frau anfangen nachzudenken. Auf die Frage, wie lang es denn höchstens dauern wird, hat die Kommissarin leider nur die Antwort: „Bis nach der Verhandlung und gegebenenfalls bis nach Ablauf der Einspruchsfrist, die nach der Urteilsverkündung beginnt." Ansonsten geht es Sarah Mirkowsky heute schon deutlich besser als gestern noch. Stolz verkündet sie, dass die Ärzte heute wesentlich entspannter seien, als diese ihre Narbe betrachteten und auch, dass die Schmerzen stark zurückgegangen seien. Dankbar und glücklich ist die Patientin dann aber über die Weihnachtsgeschenke für ihre Familie. Marianne Falkenstein hat zwei sehr schöne Kaffeebecher für Sarahs Schwägerin ausgesucht, daraufhin kommt das Lächeln ganz kurz zurück in ihr Gesicht. „Mein Job, ich verliere doch meinen Job, wenn ich das Weihnachtsgeschäft nicht bis zum letzten Tag abwickeln kann. Viele Kunden bestellen kurz vor Heiligabend noch einmal nach, ich liefere dann immer persönlich aus. Wenn ich meinen Kollegen hinschicke, bekommt er auch die ganzen Weihnachtsgeschenke." Sarah merkt selbst, dass diese Aussage doch sehr kindisch war, und entschuldigt sich bei der Kommissarin dafür. Die Beamtin merkt noch an, dass die Staatsanwaltschaft wie auch das Gericht daran interessiert sind, die Kosten so gering wie möglich für den Staat zu halten und somit die beiden Zeugen nicht länger als unbedingt nötig schützen wird. „Die beiden?", Sarah stockt. „Wer denn noch?" „Nun darüber darf ich nicht reden, aber Sie werden es sich vielleicht denken können." „Roman?", prustet Sarah los. „Pssst, nicht so laut, bitte." „Soll ich mit ihm zusammen in einem Hotelzimmer bleiben? Das geht doch gar nicht. Was ist, wenn er mich wieder töten will?" Die Tränen laufen über ihre Wangen, und sie ist erneut am Schluchzen. Marianne versucht sie zu trösten, doch sie muss noch einmal nachfragen, wie Sarah das mit ihrer Aussage genau gemeint hat. „Wollte er dich denn wirklich töten? Hat er es versucht?" „Nein, der nette Polizist hat es angedeutet. Aber Roman hat mir versichert, dass er es nicht vorhatte, sondern mich nur warnen wollte. Ich weiß aber nicht, wovor warnen, sie haben ihn mitgenommen, deine Kollegen." Die Zeugin ist total überfordert mit der ganzen Situation. Daraufhin hält es die Beamtin für das Beste, das Gespräch jetzt zu beenden, und verspricht Sarah, am Abend noch einmal nach ihr zu sehen. Da es inzwischen schon zwanzig vor zehn ist, muss sie sich auf den Weg ins Präsidium zur Besprechung machen.

Christian Kraufer ist gegen neun Uhr im Präsidium eingetroffen. Ein paar Kollegen aus dem Innendienst der Tagesschicht sind anwesend, ansonsten ist das Großraumbüro leer. Nachdem er seinen Rechner hochgefahren hat, bringt er das Tablett mit den Brötchen in den Besprechungsraum, damit er die Leckerbissen ja nicht vergisst zu verteilen. Ihm fällt daraufhin der Blumenstrauß wieder ein, und er fragt sich, wo er denn nun den Zwanzigeuroschein für Andrea gelassen hat. „Oh, nein, den habe ich beim Bäcker mit ausgegeben. Vielleicht kann sie ja meinen Fuffi wechseln", leicht gereizt schaut er in sein Emailpostfach. Neue Fahndungserfolge aus Hamburg lassen ihn wieder strahlen. Wenn er Bob Simmer nicht erschossen, sondern nur festgenommen hätte, wäre das alles zusammen ein grandioser Ermittlungserfolg, denkt er. Doch ihm ist auch bewusst, wie stark seine beiden Zeugen aktuell gefährdet sind und auf welch wackligen Beinen damit die Verhandlung von Herbert Eichstätter steht. Er wird sicherlich versuchen, Simmer alles in die Schuhe zu schieben oder aber auch Feuerbach, das werden harte Verhandlungstage. Nach und nach treffen seine Kollegen ein. Oberkommissarin Andrea Meiller schreibt eine Nachricht auf das Handy ihres Chefs, sie ist immer noch bei Familie Mirkowsky. Die Mutter packt Sachen für ihre Tochter zusammen, danach wird Andrea zur Besprechung kommen, etwa eine viertel Stunde später wird sie im Präsidium sein.

Die Soko EKZ-Nord trifft sich im Besprechungsraum des Präsidiums. Christian erkennt anhand der Mimik und Gestik, dass es allen, bis auf offenbar Marianne, gut zu gehen scheint, und bittet sie deshalb, vorab kurz in sein Büro zu kommen. Noch durch die Tür gehend, fängt sie an, sich ihren ganzen Frust von der Seele zu reden. Hauptkommissar Christian Kraufer lässt sie ausreden, bevor er sie bittet, gleich vor der ganzen Mannschaft das noch einmal zu wiederholen. „Gerade für die Jüngeren unter uns ist es wichtig, auch diese Seite unserer Arbeit kennenzulernen. Wenn wir das Zeugenschutzprogramm in der Praxis auch eher selten anwenden müssen, wird hier deutlich, wie wichtig unsere Psychologieseminare bei Rosa sind." Marianne nickt und verlässt sein Büro. Die oft im Vorwege belächelten Vorträge der Polizeipsychologin haben den Beamten schon in so manchen kniffligen Situationen weiter geholfen. Im Grunde ist jeder einzelne von ihnen sehr dankbar dafür. „Manches konnte ich auch gut im Privatleben anwenden", denkt der Hauptkommissar und lächelt für einen kurzen Moment. Es ist schon zwei Minuten nach zehn, und er will seine Kollegen doch nicht warten lassen. In seinem gewohnten schnellen Schritt macht er sich auf den Weg in das Besprechungszimmer. Auf seine Bitte hat Lilian Kaffee gekocht und die Brötchen auf zwei Teller verteilt sowie eine Rolle Küchenpapier auf den Tisch gelegt, damit der ganze Raum hinterher nicht voller Brötchenkrümel ist, das kann er überhaupt nicht leiden. Er begrüßt alle herzlich. „Danke, dass ihr so viel Einsatz gezeigt habt und wir den Fall mit mehreren Festnahmen und Fahndungserfolgen lösen konnten. Die Hamburger Kollegen haben einen großen Schritt in Richtung der Eindämmung der Drogenkriminalität vor Ort tätigen können. Jetzt kommen wir allerdings zu unseren aktuellen Herausforderungen, und die heißen Roman Feuerbach und Sarah Mirkowsky. Beide sind stark gefährdet, weil sie Eichi, Herbert Eichstätter, so stark belasten werden. Ich gehe davon aus, dass eine Anklage wie auch die daraus folgende Verurteilung wegen zweifachen Mordes und versuchtem Mord anhand der vielen Indizien wie auch der Zeugenaussagen so gut wie sicher ist. Beide Zeugen sind daher stark gefährdet, und wir müssen alles daran setzen, ihren Aufenthaltsort geheim zu halten. Marianne und ich werden die einzigen Personen seien, welche die Überführung der beiden in das vorerst sichere Versteck vornehmen werden. Dort übernimmt dann ein speziell dafür ausgebildetes Team. Selbst wir kennen, … ." Andrea stürmt zur Tür herein. „Entschuldigung", und macht eine Handbewegung in Richtung des Hauptkommissars, worauf Christian fortfährt. „Nun, nachdem wir die Zeugen dort abgeliefert haben, werden die beiden ohne unsere Kenntnis in ein anderes, noch sichereres Versteck gebracht. Noch sicherer deshalb, weil nicht einmal wir wissen, wo es sich befindet. Sollen wir aus irgendeinem wichtigen Grund Kontakt mit Feuerbach oder Mirkowsky aufnehmen wollen, werden wir das ausschließlich über den Zeugenschutz tun müssen." Er macht einen kurzen Moment Pause und begrüßt Andrea, nimmt einen Schluck Kaffee und spricht ruhig und deutlich weiter. „Das Hauptproblem beim Zeugenschutzprogramm sind häufig die Zeugen selbst. Gestern gab es einen kritischen Moment während der Vernehmung Roman Feuerbachs. Er hat sein Wesen von einem Tag auf den anderen so drastisch gewandelt, dass ich ernsthafte Zweifel bekam und mir einige zu der Zeit begründete Fragen stellen musste. Eine davon war: Was ist denn eigentlich, wenn Roman Feuerbach unser Mörder ist und alle Indizien auf Simmer und Eichstätter gelenkt hat? Schließlich wurde er und keine andere Person in dem Krankenzimmer von Sarah Mirkowsky festgenommen.

Trotzdem, Polizeiobermeister Müller verfolgte kurz eine zweite Person, wie wir wissen. Bei der gestrigen Vernehmung war der Zeuge jedoch wie ausgewechselt, er strahlte, hatte gute Laune und sprach sogar vom Heiraten." Ein Raunen ging durch den Raum. „Mir kamen Zweifel, und ich bat Rosa, umgehend mit Feuerbach zu sprechen und auch ihn auf seinen Geisteszustand zu überprüfen. Rosa Roggenpohl wird in ein paar Minuten zu uns stoßen und ein paar Sätze zu der Verfassung Feuerbachs sagen. Um das gleich vorweg zu nehmen, Lilian hatte mir zwischenzeitlich die Auswertung des beschlagnahmten Handys von Sarah Mirkowsky zukommen lassen, woraus eindeutig hervorgeht, dass nicht Roman Feuerbach, sondern Herbert Eichstätter für den Mord an Sven Beidenfeld und den versuchten Mord an Sarah Mirkowsky verantwortlich ist." In diesem Moment spürt und sieht man deutlich die Erleichterung aller Anwesenden. Genau passend dazu klopft die Psychologin an die Tür und wird hereingebeten. Sie kommt direkt auf den Punkt. „Entschuldigt bitte, aber ich muss mich kurz fassen. Das gestrige Gespräch mit Roman Feuerbach hat ergeben, dass er sehr wohl im Besitz seiner geistigen Fähigkeiten ist. Er sieht das Zeugenschutzprogramm für den Anfang eines neuen Lebens ohne Kriminalität. Eigentlich sehr wünschenswert, wenn da nicht sein übermäßig großes Interesse an der Zeugin Sarah Mirkowsky wäre. Am liebsten würde er sie so schnell wie möglich heiraten und mit ihr ein neues Leben beginnen. Eigentlich müssen beide Zeugen in unterschiedliche Quartiere gebracht werden, doch ich vermute, dass das aus Kostengründen nicht realisierbar ist. Ihr müsst das vorher klären, ansonsten kann es große Probleme geben, wenn die Zeugen aufeinandertreffen. Bis hin zur Gefährdung der Sicherheit. Nicht nur der Zeugen, sondern auch unserer dann anwesenden Kollegen im Zeugenschutz. Leider muss ich jetzt gehen, schreibt mir Nachrichten, wenn ihr noch Fragen habt!" Danach reden für einen Moment alle durcheinander, man kann die Verunsicherung einzelner Personen jetzt deutlich spüren. Christian gibt Marianne ein Zeichen, denn das, was sie zu sagen hat, ist nun leider genau passend. „Ich komme direkt aus dem Krankenhaus von Sarah Mirkowsky. Mittlerweile habe ich einen ganz guten Draht zu ihr, und sie fängt an, mir zu vertrauen. Heute hat sie mitbekommen, dass ihr alter Schulfreund, Roman Feuerbach, mit ihr zusammen im Zeugenschutz sein wird. Näher bin ich nicht darauf eingegangen, also weiß sie auch nicht, dass er für immer eine andere Identität bekommen wird. Sie hat die Befürchtung, dass er ihr eventuell etwas antun will. Trotzdem, ich denke, sie wird seinen Avancen über kurz oder lang nachgeben, und dann haben wir ein noch größeres Problem. Sarah Mirkowsky will so schnell wie möglich wieder zurück in ihr bisheriges Leben. Wir wissen alle, dass das für Roman Feuerbach höchstwahrscheinlich den Tod bedeutet, sollte er mit ihr zurück in das alte Leben gehen wollen. Die halbe Hamburger Unterwelt ist hinter ihm her, wenn ich Christian vorhin richtig verstanden habe." Der leitende Hauptkommissar meldet sich zu Wort. „Das stimmt leider, auf Feuerbach ist heute Morgen ein Kopfgeld von 50.000,- Euro ausgesetzt worden. Je eher er unser Präsidium hier wieder verlässt, um so besser für alle. Die Überführung zum Zeugenschutz muss so schnell wie möglich erfolgen, das heißt, unmittelbar nachdem die Zeugin das Krankenhaus verlassen hat. Dazu muss ich nachher mit der Technik sprechen, damit wir auf alles vorbereitet sind, wenn es losgehen kann. Andrea, war noch etwas Erwähnenswertes bei der Familie Mirkowsky?" Andrea zieht die Augenbrauen hoch: „Nun, sie wussten offenbar noch gar nicht, dass es sich bei der verletzten jungen Frau im EKZ-Nord um ihre Tochter handelt. Für einen Moment dachte ich daran, Rosa zur Hilfe zu rufen." Betreten schauen sich die Beamten an, offenbar hatte keiner von ihnen wie auch niemand aus dem Krankenhaus die Eltern von Sarah Mirkowsky benachrichtigt, das muss in der ganzen Hektik vergessen worden sein. „Die Tatsache, dass ihre schwer verletzte Tochter jetzt auch noch für mehrere Monate in das Zeugenschutzprogramm aufgenommen wird und sie keinerlei Kontakt zu ihr aufnehmen dürfen, belastet die Familie sehr. Gerade jetzt, wo Weihnachten unmittelbar vor der Tür steht, fällt es ihnen schwer, das zu akzeptieren. Frau Mirkowsky dürfte in diesem Moment schon bei ihrer Tochter sein, ich konnte sie nicht davon abhalten, ins Krankenhaus zu fahren. Solange Sarah dort ist, wird ihre Mutter so oft wie es ihr irgend möglich ist, an der Seite ihrer Tochter sein. Sie hat mir zwei überdimensional große Koffer mit Sarahs Sachen mitgegeben. Das Notebook und andere technische Geräte durfte sie natürlich nicht einpacken. Die Familie hat es jetzt richtig hart getroffen, weil ihre Tochter zur falschen Zeit am falschen Ort war." Christian Kraufer rauft sich die Haare und merkt noch an, dass der Staatsanwaltschaft sowie dem Gericht daran gelegen sei, den Fall so schnell wie möglich abzuschließen und dass eine begründete Hoffnung bestehe, in diesem Fall einen kurzfristigen Verhandlungstermin zu erhalten. „Ich werde vorschlagen, unsere Zeugen an unterschiedlichen Orten unterbringen zu lassen. Mit Roman Feuerbach werde ich nachher noch einmal sprechen. Marianne, es ist gefährlich, Sarah Mirkowsky jetzt schon in die Details einzuweihen. Es besteht die Gefahr, dass sie ihrer Mutter alles erzählen wird. Wir wissen nicht, ob bei diesen Mutter-Tochter-Gesprächen dann eventuell eine Krankenschwester oder ein Arzt anwesend sein wird. Mach ihr bewusst, dass ihr Leben von ihrer bedingungslosen Kooperation mit uns abhängig sein wird und dass sie sich an alle von uns geforderten Maßnahmen halten muss, ansonsten könne sie ihre Beerdigung schon planen." „Was?" Überrascht schaut die Kommissarin ihren Chef an. Einige der anwesenden Beamten sind auch etwas irritiert, und Christian liefert die Erklärung. „Ich habe das Gefühl, dass wir mit beiden Zeugen Klartext reden müssen, denn sie können mit ihrem Verhalten nicht nur ihr Leben, sondern auch unseres gefährden. Sie werden nach unseren Regeln spielen müssen, wenn sie überleben wollen, so sieht es aus. Wir können uns keinerlei Fehler erlauben und werden, wenn es sein muss, hier auch mit Härte durchgreifen. Von diesen beiden Zeugen hängt ein Rattenschwanz von langjährigen Verhaftungen ab, und wir sind dafür verantwortlich, dass wir die beiden in ein sicheres Versteck überführen, das bedarf einer minuziösen Vorbereitung. Um das Risiko so gering wie möglich zu halten, werde ich euch in diesen Fall jetzt nur noch weiter einbeziehen, wenn es unabdingbar ist. Für alle anderen Fälle wird Andrea in naher Zukunft eure Ansprechpartnerin sein. Marianne und ich werden die Überführung der Zeugen planen und durchführen." Hauptkommissar Christian Kraufer erhebt sich, und alle anderen tun es ihm nach. Während er den Raum verlässt, hört er noch den ein oder anderen Zuruf. „Danke für die Brötchen" oder „Danke noch Christian". Weit kommt er nicht, mitten im Flur stehen zwei sehr große Koffer, der eine ist ein neonpinkfarbener Hartschalentrolley. „Andrea! Was ist das denn hier? Der Koffer geht gar nicht, wir brauchen unauffälliges Gepäck. Lass das bitte umpacken!" Kopfschüttelnd geht er weiter in sein Büro, gefolgt von Marianne. Sie bekommt ein paar letzte Tipps für ihr nächstes Gespräch mit Sarah Mirkowsky. Da die Brötchen leider alle geworden sind, isst Christian einen schon etwas älteren Schoko-riegel, bevor er Roman Feuerbach erneut zum Ge-spräch holen lässt.

Derzeit im Krankenhaus. Aus der Sicht von Sarah Mirkowsky:

Eine mir noch nicht bekannte Krankenschwester war gerade hier und hat mir mitgeteilt, dass meine Mutter gleich vorbeikommt und mir ein paar Kultur-artikel bringt. Das stimmt überhaupt, außer von der Polizei hatte ich noch gar keinen Besuch. Wenn ich darüber nachdenke, hätte es mir gestern auch nicht so gut gepasst, da ging es mir wirklich noch sehr schlecht. Jetzt freue ich mich auf meine Mama, sie bringt mir bestimmt etwas zu Naschen mit. Wie soll ich ihr nur beibringen, dass ich das erste Mal in meinem Leben an Heiligabend nicht zu Hause sein werde. Nur nicht schon wieder anfangen zu heulen, denke ich und wische mir eine Träne ab. Inzwischen haben sie mir das Nachttischschränkchen etwas dichter an mein Bett gestellt, nun komme ich auch an die Zupfbox heran. Zu stark strecken kann ich mich aber noch nicht, ohne dass mein Bauch doll schmerzt. Oh, ich kann ihr alle Weihnachtsgeschenke mitgeben. Meine eigenen Präsente werde ich dann wohl erst irgendwann im nächsten Jahr bekommen. Was Mama wohl dazu sagen wird, dass ich nach so vielen Jahren und unter diesen Umständen Roman Feuerbach begegnet bin. Wenn ich ihr erzähle, dass er mich eventuell töten wollte und jetzt mit mir zusammen in den Zeugenschutz muss, dreht sie bestimmt durch. Davon darf ich nichts erwähnen, zumindest nicht, das von der Nacht hier im Krankenhaus. Nachher will Frau Falkenstein mir alles noch einmal erklären, da freue ich mich schon drauf, danach weiß ich genauer Bescheid. Ich glaube, ich schenke ihr die Tüte mit den fünf Einzelpralinen, die ich im EKZ gekauft habe. Die Apfelringe behalte ich selbst, die werde ich mitnehmen in mein Versteck. Spannend ist das ja schon, und irgendwie kann Roman ja auch total süß sein. Oh, ich höre Stimmen vor der Tür, es ist bestimmt meine Mutter.

Im Präsidium führt Hauptkommissar Christian Kraufer gerade ein für ihn sehr anstrengendes

Gespräch mit dem Hauptzeugen der Staatsanwaltschaft. Roman Feuerbach hat offenbar den Ernst der Dinge nicht erkannt, denkt der Beamte und muss seine Emotionen deutlich zügeln, bevor er den nächsten Satz zu diesem Zeugen sagt. „Herr Feuerbach, von ihrem Verhalten wird nicht nur ihr Leben abhängen, sondern auch das einiger Beamten sowie auch das Leben von Sarah Mirkowsky und ihrer Familie. Haben sie das verstanden!" Leider ist er doch etwas lauter geworden bei seinem letzten Satz. Durch den Knopf in seinem Ohr hört er Polizeioberkommissar Martin Simmels leise sagen. „Christian, beruhig dich." Roman Feuerbach schaut erschrocken zu seinem Gegenüber. „Wie meinen Sie das? Wir gehen doch zusammen in den Zeugenschutz, oder?" „Ja, genau das ist das Problem. Nach ihrer Zeugenaussage und der darauffolgenden Verurteilung von Herbert Eichstätter wird Frau Mirkowsky ihr bisheriges Leben wieder vollständig aufnehmen können. Wir gehen davon aus, dass nach ihrer Aussage keine weitere Gefahr für Sarah besteht. Bei Ihnen, Herr Feuerbach, verhält sich die Sachlage deutlich anders. Ich verrate ihnen jetzt mal etwas, auf Sie ist heute Morgen ein Kopfgeld in Höhe von 50.000,- Euro ausgesetzt worden, Tendenz steigend, da Sie inzwischen mehr Feinde haben, als Sie jemals an Freunden gehabt haben. Sie können nie wieder zurück in Ihr altes Leben, weil Sie dann nämlich keins mehr hätten. Also lassen Sie Sarah Mirkowsky in Ruhe. Wenn Sie wollen, dass es ihr gut geht, halten Sie sich von ihr fern, und fangen Sie ja keine zum Scheitern verurteilte Beziehung mit ihr an!" Deutlich überhört hat der

Hauptkommissar bei dieser Ansage an Roman Feuerbach die Versuche seines Kollegen Martin, ihn zu beruhigen. „Ich bin gleich wieder da", sagt Kraufer und verlässt den Raum. Im Flur nimmt ihn Martin zur Seite. „Christian, was ist denn los mit dir?" „Es tut mir leid, aber er will es einfach nicht kapieren, um was es hier geht. Ich habe eine Tochter, die nur ein paar Jahre jünger ist als Sarah Mirkowsky. Wir können das doch nicht zulassen, dass er ihr Leben zerstört." „Soll ich noch einmal mit ihm reden, Christian?" „Nein, auf keinen Fall. Ich hole uns jetzt einen Kaffee, und danach werden wir von Mann zu Mann unser Gespräch fortsetzen." Auf dem Weg in die Küche beruhigt sich der Hauptkommissar wieder, schließlich ist er doch bekannt dafür, dass er seine Vernehmungen sachlich und objektiv durchführt. Heute fällt ihm das allerdings sehr schwer. Er muss an seine Tochter denken, Nele kommt ebenfalls zu Weihnachten zu Besuch, dieses Mal wird sie sogar ihren neuen Freund mitbringen. Die Familie Kraufer ist schon ganz gespannt auf Neles Neuen. Wenn der Hauptkommissar sich vorstellt, dass seine Tochter anstelle von Sarah Mirkowsky im Krankenhaus läge und er sie für Monate nicht sehen dürfte und dass sie dann auch noch eine Liebesbeziehung mit einem Verbrecher anfangen würde …. Die Zeit, um diesen Gedanken fortzuführen, hat er zum Glück nicht, stattdessen geht er wieder zu Roman Feuerbach in den Raum und stellt ihm einen Becher Kaffee mit Milch und viel Zucker hin. „Das tut mir leid, dass ich eben etwas lauter geworden bin", sagt er zu seinem Gegenüber. „Herr Kraufer, ich habe nachgedacht. Sie haben Recht. Es wird mir sehr schwerfallen, aber ich will Sarah nicht gefährden. Es ist besser, wenn ich sie nicht wiedersehe, dann wird es leichter für mich." Es ist deutlich erkennbar, dass sich seine Augen mit Tränenflüssigkeit füllen, und Christian Kraufer versucht jetzt auf die väterliche Tour mit ihm zu reden. „Das ist sehr lobenswert von Ihnen. Sicherlich werden Sie im Rahmen Ihrer neuen Identität, Ihres neuen Lebens, auch neue Freundschaften schließen. Sie sind ein gutaussehender, netter junger Mann, es wird bestimmt nicht lange dauern, bis Sie sich neu verlieben." Beide schweigen für eine kurze Zeit und trinken von ihrem Kaffee, bis Christian ihm mitteilen muss, dass die beiden Zeugen höchstwahrscheinlich bis zur Verhandlung gemeinsam untergebracht werden. „Dann kann ich für nichts garantieren, ich liebe Sarah doch." Gesenkten Hauptes geht er zurück in seine Zelle, während Hauptkommissar Kraufer noch ein paar Sekunden am Besprechungstisch verweilt. Er muss wissen, ob es seiner Tochter gut geht und begibt sich in sein Büro, um ungestört telefonieren zu können. Nach dem Gespräch mit seiner glücklichen und gut gelaunten Tochter freut Christian sich auch endlich auf Weihnachten. Durch die viele Arbeit der letzten Wochen ist die Weihnachtsstimmung irgendwie an ihm vorübergezogen, ohne ihn zu berühren. Er nimmt sich fest vor, heute Abend mit seiner Süßen über die Weihnachtsgeschenke zu sprechen. „Oh, der Blumenstrauß", denkt er und begibt sich ohne Umwege zu Andrea. Sie sieht ihren Chef schon von weitem durch ihre geöffnete Bürotür und winkt ihn zu sich heran. Christian schließt die Tür hinter sich.

Freudestrahlend hält er ihr den Fuffi hin. „Ich habe endlich daran gedacht, meine Schulden bei dir zu bezahlen. Gib mir dreißig Euro wieder, Bine hat sich sehr gefreut. Vielen Dank nochmal." „Ach, gern geschehen. Setz dich hin. Ich kann gar nicht wechseln, Alex hat heute Morgen meinen letzten Zehner bekommen. Gib mir das Geld einfach ein anderes Mal." Das hat Christian sich anders vorgestellt, nun muss die Bezahlung des Blumenstraußes erneut verschoben werden, aber er möchte außerdem noch wissen, wie es seiner Kollegin bei der Klassenlehrerin ihres Sohnes ergangen ist. „Wie ist es denn heute Morgen in der Schule gelaufen?" „Ach, hör auf!" Sie holt tief Luft, bevor sie richtig loslegt. „Ganz übel, ich kam mir vor wie auf der Anklagebank. Das Allerschlimmste an der Sache ist, dass ich gar nicht weiß, worum es eigentlich geht, das konnte ich aber heute Morgen nicht zugeben. Alex hat mir nicht verraten, warum er den Tadel bekommen hat, so musste ich völlig unvorbereitet mit meinem Zettel in der Hand zu seiner Klassenlehrerin. Und jetzt kommt der Hammer, ein Tadel muss immer von mindestens einem Elternteil unterschrieben werden, und da sagt sie doch zu mir. *„Nun, da es jetzt der zweite Tadel ihres Sohnes innerhalb der letzten sechs Wochen ist, möchte ich Sie darauf hinweisen, dass ihr Sohn bei der dritten Verwarnung dieser Art von der Schule fliegt!"* Danach konnte ich wieder gehen." „Oh, schon der zweite, du musst unbedingt mit ihm sprechen", antwortet Christian, sichtlich mitfühlend. „Christian, ich wusste gar nicht, dass es schon der zweite Tadel ist. Wenn ich das gesagt hätte, hätte er wahrscheinlich auf der Stelle den dritten bekommen und wäre von der Schule geflogen. Da wird dieser Rotzlöffel von Sohn doch meine Unterschrift gefälscht haben, als er den ersten Tadel bekommen hat. Ich weiß bald nicht mehr weiter. Ich bin richtig sauer." „Bleib ruhig! Wenn ich etwas für dich tun kann, sag es bitte." „Ja, da ist tatsächlich etwas, ich hätte gerne die Weihnachtsferien über Urlaub, um mich ausführlich um Alexander zu kümmern, vielleicht sogar, um ein paar Tage mit ihm wegzufahren." Christian legt die Stirn in Falten. „Wenn Marianne und ich zurück sind, nachdem wir die beiden Zeugen abgeliefert haben, kannst du bis zum Ende der Ferien Urlaub bekommen. Vorher brauche ich Martin und dich hier. Ihr müsst hier die Stellung halten. Marianne ist nachher noch einmal im Krankenhaus, sie fragt dann den behandelnden Arzt, wann mit der Entlassung Sarah Mirkowskys zu rechnen ist. Wir müssen jedes Detail planen, um die beiden sicher an den Bestimmungsort zu bringen. Ich habe in einer halben Stunde einen Termin mit der Technik, drüben auf dem Bundeswehrgelände. Für dieses Unterfangen brauchen wir andere Handys, andere Autos sowie einiges mehr. Unter anderem darf kein GPS-System unseren jeweiligen Standort verraten. Das ist eine große Herausforderung, ich bin froh, wenn wir gesund zurück sind." Die beiden Kommissare reden noch ein paar Minuten über private Dinge, bevor Christian das Büro wieder verlässt. Zurück an seinem Arbeitsplatz bearbeitet der Heidlaufener Hauptkommissar noch zwei Emails. Bei einer von beiden handelt es sich um eine Terminvereinbarung mit dem leitenden Staatsanwalt. Die Zeit, in diesem Moment zu antworten, hat er nicht und macht sich auf den direkten Weg zur Kaserne. Die Technik befindet sich auf dem in näherer Entfernung gelegenen Gelände der Bundeswehr. In Heidlaufen arbeiten Polizei, Bundespolizei und Bundeswehr Hand in Hand. Die Hardware-Entwicklung liegt im Bereich der Bundeswehr, während die Softwareabteilung im Präsidium über das Knowhow einer ganzen Abteilung von Studierten in den Bereichen Informatik, IT-Sicherheit, Wirtschaftsinformatik und Data Science verfügt. Schon bei der Begrüßung wird Christian Kraufer wieder deutlich, dass es Unterschiede zwischen der Polizei und der Bundespolizei gibt. „Die Atmosphäre auf diesem Gelände hier ist deutlich angespannter als im Präsidium", denkt er und kann sich bei Bekanntmachung mit einem Techniker der körpernahen Ausrüstung von Soldaten und Polizisten einen kleinen Scherz nicht verkneifen. „Guten Tag, mein Name ist Kraufer! Christian Kraufer!" Das darauf folgende, wenn auch kaum zu erkennende Lächeln seines Gegenübers hat er wohlwollend registriert. Ab diesem Moment ist nun aber vollste Konzentration auf jedes Wort und jedes Detail oberste Voraussetzung für eine erfolgreiche Überführung der beiden Zeugen. Sein Körper wird vermessen für einen kugelsicheren Spezialanzug. Er bekommt außerdem die Anweisung, dass sich seine Kollegin morgen Vormittag um neun Uhr ebenfalls auf diesem Gelände zur Vermessung des Körperumfangs einfinden soll. Als er die Telefone sieht, welche die Beamten während der Überführung der Zeugen mit sich führen sollen, ist er für einen Moment verunsichert. „Was sind das denn für Klötze? Die kenne ich so ähnlich noch aus den Anfang Neunzigern." „Es ist wichtig, dass Sie keinerlei eigene Mobiltelefone oder Computereinheiten mit sich führen. Sie haben gar nicht so Unrecht, die Technologie dieser Geräte hier", er zeigt auf die beiden Klötze, „ist einerseits veraltet, andererseits für Ihr Unterfangen genial. Sehen Sie hier an der Seite diese drei Leuchtdioden?" Kraufer nickt. „Wenn das grüne Licht leuchtet, sind Sie im abhörsicheren Satellitennetz der Bundesregierung eingeloggt. Das ist jetzt ganz wichtig, nur wenn zusätzlich zu der grünen Diode auch die mittlere, die blaue, leuchtet, dürfen Sie wählen und sprechen. Sollte während des Gesprächs die blaue Diode aufhören zu leuchten, beenden Sie unverzüglich das Gespräch. Sollte die rote, rechte Diode anfangen zu leuchten, müssen Sie das Gerät an diesem Notknopf hier ausschalten und dürfen es nicht wieder in Betrieb nehmen." Nun zögert er doch einen kleinen Moment, bevor er fortfährt. „ Auf der Rückseite ist eine kleine Tastatur, wenn Sie folgenden Code dort eingeben", er zeigt ihm eine Ziffernfolge auf seinem Handy, „wird eine Stromzufuhr freigesetzt, welche einen Peilsender aktiviert und uns in diesem Moment ermöglicht, Ihnen im absoluten Notfall zur Hilfe zukommen. Wenn Sie diese Ziffernfolge also dort eingeben, bedeutet das für uns, dass sie angegriffen werden sowie dass das Leben der Zeugen akut gefährdet ist. Zwei Helikopter befinden sich in Alarmbereitschaft. Für alle Fälle bekommen Sie das zweite Telefongerät von uns, welches über einen anderen Satelliten sendet. Haben Sie noch Fragen, Hauptkommissar Kraufer?" „Ja, wie lang ist denn die Akkuleistung dieser Geräte?" Ohne eine Pause fährt der Soldat fort. „Diese Geräte sind für etwa eine Woche einsatzfähig. Das sollte reichen, da wir für die Überführung mit maximal achtundvierzig Stunden rechnen. Auf Ihrem Rückweg nach Heidlaufen dürften Sie aus der Gefahrenzone sein." Christian überlegt kurz. „Wie kommen Sie denn auf dieses Zeitfenster? Wissen Sie etwa, wohin die Reise geht?" „Natürlich nicht, wir wurden von der Staatsanwaltschaft nur über die technischen Anforderungen ihrer Ausrüstung informiert. Unsere Anweisung lautet, höchstens achtundvierzig Stunden Fahrt bis zum Zielort. Kommen wir zu Ihrem Fahrzeug. Bitte folgen Sie mir!" Christian Kraufer merkt, wie die Anspannung in seinem Körper von Minute zu Minute steigt. „Purer Stress, dieses Unterfangen hier! Ob ich das wohl richtig mache, nur mit Marianne zusammen die Zeugen zu überführen?" Er merkt, wie er anfängt zu schwitzen. Ein Konvoy oder ein Einsatzfahrzeug der GSG 9 wären wahrscheinlich für die Kollegen und die Zeugen wesentlich gefährlicher, weil diese viel leichter als das, was sie sind, ein Zeugentransport, zu identifizieren seien. Eichstätter und Bob Simmers Umfeld ist vermögend, daher spielt Geld so gut wie keine Rolle bei der Beseitigung der Zeugen. Umso wichtiger ist, dass der Zeugentransport nicht als solcher erkannt wird. Christian kann sich zum Glück in diesem Moment nicht weiter seinen vernichtenden Gedanken hingeben, denn sie erreichen eine Halle mit unterschiedlichen Zivilfahrzeugen. Der Oberstleutnant bleibt vor einem Handwerkerfahrzeug stehen, „Elektro Meier" steht groß auf beiden Seiten sowie eine Handynummer und Karikaturen von Elektrikern zieren den ansonsten weißen Lieferwagen. „Die Handynummer wird direkt in unsere Telefonzentrale geschaltet. Sollte ein Anruf bei uns eingehen, werden wir umgehend eine Überprüfung des Anrufers veranlassen und Sie warnen, wenn sich die Gelegenheit dazu bietet." Er öffnet die Hecktüren des Autos, und man kann deutlich eine Leiter sowie zahlreiches Werkzeug im Inneren des Fahrzeugs erkennen. Leicht entsetzt fragt der Hauptkommissar, wo denn Platz für die Zeugen und das Gepäck sei. Jetzt lächelt der Soldat leicht überlegen, streckt seine Hand in Richtung Innenraum des Wagens aus und klopft gegen Metall. „Die perfekte Täuschung", sagt er und fährt fort. „Wenn nicht einmal Sie, wo Sie doch direkt davor stehen, erkennen, dass es sich um einen fototechnischen Druck handelt, kann aus der Entfernung kein vorbeifahrendes Auto etwas anderes als ein Handwerkerfahrzeug vermuten." „Ich bin beeindruckt", Christian ist fast sprachlos. „Hinter dieser Tür befindet sich das Reisequartier Ihrer Passagiere." Der Soldat öffnet eine Schiebetür auf der rechten Seite des Wagens, plötzlich kommt eine Art ausgebautes Wohnmobil zum Vorschein, sogar eine Chemietoilette befindet sich in einer kleinen Zelle im Heck des Wagens. „Hinter diesem Netz haben Sie Platz für reichlich Gepäck. Auf Anweisung haben wir dieses Bett hier eingebaut, Sie können die verletzte Person sogar liegend anschnallen. Darunter befindet sich ein Kühlschrank, eine Kiste Wasser sowie Lebensmittelvorräte für drei Tage. Die Vordersitze sind um hundertachtzig Grad schwenkbar, so dass Sie jederzeit ohne aussteigen zu müssen, in den hinteren Bereich gelangen können. Schauen Sie bitte hier, dieser Schrank wird nur durch Ihren Daumenabdruck sowie den Ihrer Kollegin zu öffnen sein. Darin befinden sich Waffen und Sprengstoff. Ich hörte, dass Sie diesbezüglich in jungen Jahren eine Zusatzausbildung genossen haben." Christian Kraufer nickt, er ist sichtlich überwältigt. Er wird noch in die Sicherheitsverriegelung des Wagens eingewiesen sowie in einige andere kleine Extras dieses offenbar unscheinbaren Handwerkerfahrzeugs. Nicht zu vergessen die medizinische Abteilung, samt steril verpacktem Operationsbesteck, Nadel und Faden inklusive. „Nur für den Fall der Fälle", sagt der Oberstleutnant und kommt zum letzten Punkt der heutigen Einweisung. „Hier, unter den Sitzen sind fünf Gasmasken wie auch entsprechende Sauerstoffflaschen. Mit einer Flasche können Sie zwei Stunden überleben, bei geringem Verbrauch bis zu zweieinhalb Stunden. Haben Sie noch weitere Fragen, Hauptkommissar Kraufer?" Christian überlegt einen kurzen Moment, bevor er antwortet. „Hat dieses Auto ein Schaltgetriebe, oder ist es ein Automatikfahrzeug?" „Ein Schaltgetriebe, das sollte doch kein Problem darstellen, oder?" „Nein, nein, kein Problem." Sagt der Heidlaufener Hauptkommissar, denkt aber etwas anderes. Er fährt seit über zwanzig Jahren nur noch Automatik. Das kann er später klären, denkt er und verabschiedet sich förmlich und korrekt, bevor er das Bundeswehrgelände wieder verlässt.

Im Präsidium angekommen, wartet Marianne schon auf ihn und bittet um eine kurze Unterredung. Christian gibt ihr Auskunft über seine Eindrücke und teilt ihr den Termin für ihre Körpervermessung zur Anfertigung ihres Schutzanzuges mit. „Oh, das hört sich wirklich gefährlich an, Christian." „Ja, das tut es, wenn du dir nicht sicher sein solltest, sag es bitte jetzt, dann müssen wir umplanen", sagt ihr Chef verständnisvoll und ruhig. „Nein, auf keinen Fall. Davon träume ich schon seit Jahren, auf mich kannst du dich verlassen." Beide lächeln für einen kurzen Moment, doch Mariannes nächste Frage wird deutlich beantwortet. „Ich fahre gleich noch einmal ins Krankenhaus, wie soll ich mich denn jetzt Sarah gegenüber verhalten?" „Wenn du das Gefühl hast, dass sie dich nicht ernst genug nimmt, musst du sie wieder siezen. So zum Beispiel", er holt tief Luft. „Frau Mirkowsky, Ihr Leben ist deutlich in Gefahr. Deshalb müssen mein Kollege und ich unser Leben riskieren, damit Sie gesund und munter den Zielort erreichen. Wir erwarten daher hundertprozentige Diskretion und Gehorsamkeit. Während des Einsatzes dürfen Sie unsere Anweisungen niemals in Frage stellen, sie sind alle durchdacht. Tun Sie einfach genau das, was wir Ihnen sagen. Und so weiter …" Die Kommissarin ist etwas auf ihrem Sitz eingesunken, und Christian macht ihr Mut, dass er sich sicher ist, dass sie das schaffen wird. Falls noch Bedarf sein solle, sei er selbstverständlich bereit, morgen gemeinsam mit Marianne ins Krankenhaus zu fahren, um die Zeugin einzuweisen. Sie nickt und macht sich auf den Weg zu Sarah Mirkowsky. Als Christian Kraufer wieder allein in seinem Büro ist, ruft er nicht erst den Staatsanwalt an, sondern erneut seine Tochter. „Papa, hast du vorhin noch etwas vergessen?" „Äh, nein, sag mal, kannst du heute Abend vielleicht kurz vorbeikommen, und wir tauschen die Autos für ein paar Tage?" „Was? Klar doch! Womit habe ich das denn verdient?" „Ich will nur mal wieder das direkte Gefühl vom Gaspedal zum Motor haben. Ich bin schon so lange kein Schaltgetriebe mehr gefahren." „Papa?" „Ja, Nele?" „Du musst aber volltanken, und üb erstmal auf dem Parkplatz. Immer schön die Kupplung treten, bevor du schaltest." „Daniela, jetzt reicht es aber. Komm doch heute Abend vorbei, Mama hat gestern eine Lassagne gemacht, und wir sind gar nicht zum Essen gekommen. Um neunzehn Uhr? Ich muss jetzt auch weiterarbeiten, damit ich nachher pünktlich bin." „Ja, hdgdl," Nachdem der Hauptkommissar das Gespräch mit seiner Tochter beendet hatte, überlegt er kurz, wie sie das mit dem Volltanken wohl gemeint hat. „Wahrscheinlich ihr meine vollgetankte Limousine hinstellen und dann ihren Wagen auch noch volltanken. Egal", er freut sich, dass er noch ein paar Tage mit einer Gangschaltung zu fahren üben kann, bevor es mit der Zeugenüberführung los geht. Der Staatsanwalt wartet sicherlich schon auf seinen Anruf, doch vorher muss der Hauptkommissar unbedingt seiner Süßen noch eine Nachricht schreiben, dass Nele heute Abend um neunzehn Uhr zum Essen kommt. Jetzt ist endlich der fällige Anruf beim Staatsanwalt an der Reihe. „Herr Kraufer, ich habe schon auf Ihre Rückmeldung gewartet. Es ist doch hoffentlich alles in Ordnung bei Ihnen?" Leicht unangenehm ist es Christian nun doch, dass so viel Zeit vergangen ist, bevor er den doch sehr wichtigen Anruf bei dem leitenden Staatsanwalt machen kann. „Oh, das tut mir leid, ich war auf dem …", er stockt, „besser persönlich." „Genau das, Hauptkommissar Kraufer, passt es Ihnen morgen Vormittag um halb Zehn bei mir im Büro?" „Selbstverständlich, vielen Dank." Das war jetzt ein sehr kurzes Gespräch, doch trotz abhörsicherer Leitungen ist es einfach besser, manche Dinge von Angesicht zu Angesicht zu besprechen. Je näher der Zeugentransport rückt, umso nervöser wird der Hauptkommissar. Bevor er nach Hause fährt, muss er noch den Bericht über die erneute Zeugenvernehmung Roman Feuerbachs schreiben. Andrea ist schon etwas früher gegangen, um in Ruhe mit ihrem Sohn sprechen zu können. Die nächsten zwei Tage wird das Präsidium deutlich unterbesetzt sein, da Christian darum gebeten hat, ein paar Überstunden abzubummeln, bevor Marianne und er ein paar Tage unterwegs sein werden. „Jetzt darf nichts mehr passieren, die Zeit für umfangreiche neue Fälle haben wir nicht auch noch." Christian grübelt über dem Arbeitsplan von nächster Woche, als das Telefon klingelt, und Marianne durchgibt, dass alles super geklappt hat im Krankenhaus und dass Sarah Mirkowsky nun endlich auch verstanden hat, worum es hier geht. Am meisten freut Christian sich über die Aussage, dass die Zeugin gesagt habe, dass sie ohne Widerrede bereit sei, allen Anweisungen seitens der Beamten uneingeschränkt Folge zu leisten.

Aus der Sicht von Sarah Mirkowsky

Eben war Frau Falkenstein hier bei mir im Krankenhaus, sie war irgendwie ganz anders als sonst, viel strenger. Mir war das vorher gar nicht so bewusst, um was es sich genau handelt und wie wichtig es für mich sein kann, sich zu hundert Prozent an ihre Anweisungen zu halten. Jetzt habe ich Angst vor allem und jedem, der mein Zimmer betritt, außer vielleicht vor Mama und Frau Falkenstein. Ich war ganz tapfer, als meine Mutter heute hier war, bis sie angefangen hat zu weinen. Das geht gar nicht. Die Zupfbox ist jetzt leer, Mama hat mir aber Taschentücher mitgebracht. Als ich ihr die Weihnachtsgeschenke mitgegeben habe, hat sie richtig geschluchzt. Morgen kommt sie wieder her und bringt mir etwas Schönes zu essen mit; was es sein wird, hat sie nicht verraten. Ich freue mich inzwischen sehr über den Polizisten vor meiner Tür, denn mir ist bewusst geworden, in welcher Situation ich hier eigentlich feststecke, und alles nur, weil ich Roman kenne und er mich in den Waschräumen erkannt hat. Ich ihn allerdings nicht. Wie gut, dass ich keinen Blinddarm mehr habe. Wenn ich so darüber nachdenke, dass dieser Eichstätter mich töten wollte, wird mir bewusst, wieviel Glück ich gehabt habe, im Gegensatz zu der anderen Frau auf der Toilette und dem Feuerwehrmann. Ich habe durch das Fernsehen erfahren, dass er drei kleine Kinder hatte. Mir tut seine Frau so leid; wenn ich aus dem Zeugenschutz raus bin, werde ich sie besuchen und fragen, ob ich ihr bei irgendetwas helfen kann. Morgen stellt sich heraus, ob ich nun endgültig mit Roman zusammen untergebracht werde. Es kann einige Monate dauern, bis alles vorüber ist. Roman wird danach für immer eine mir unbekannte neue Identität bekommen, und ich werde ihn nie wiedersehen. Deshalb ist es ganz wichtig, die Beziehung, die ich ja sowieso schon mit ihm habe, aufgrund unserer gemeinsamen Schulzeit, nicht zu vertiefen. Die Beamtin hat gesagt, dass ich mich auf keinen Fall in ihn verlieben darf, da sein Leben sonst noch gefährdeter ist, als es jetzt schon ist. Ich hoffe, dass ich das schaffe, da er mir nicht mehr aus dem Kopf geht. Für immer mit ihm in ein neues Leben gehen, möchte ich eigentlich auch nicht, denn ich liebe meine Familie und meinen Job. Das war ein sehr anstrengender Tag. Morgen habe ich einige Untersuchungen vor mir, davor habe ich Angst, dafür kommt Mama mit Essen und tröstet mich. Ich freue mich auf morgen.

An diesem Abend haben alle Mitglieder der Soko EKZ-Nord früh Feierabend. Für einige von ihnen ist das jedoch die Gelegenheit, sich in das Weihnachtsgetümmel zu begeben, um Geschenke für ihre Lieben zu erwerben. Andrea Meiller hingegen hat sich fest vorgenommen, ganz entspannt und einfühlsam mit ihrem pubertierenden Sohn Alexander zu sprechen. Damit er auch ja zu Hause ist, wenn sie dort ankommt, hat sie ihn gebeten, zu um achtzehn Uhr Pizza zu bestellen. Fast hätte sie ihre im Erdgeschoss wohnende Schwiegermutter vergessen mit einzubeziehen in die Planung für das abendliche Mahl. Wenn Alex sich nicht ab und zu um seine Oma kümmern würde, wäre die alte Frau Meiller oft sehr allein. Andreas Exmann lässt sich nur selten bei seiner Mutter blicken, dafür kümmert er sich von Zeit zu Zeit großartig um seinen Sohn. Meistens in der Zeit, in der er gerade mal wieder keine Freundin hat. Wütend tritt sie auf das Gaspedal und kommt kurze Zeit später gerade noch rechtzeitig vor einer roten Ampel zum Stehen. Bei dem Bremsvorgang ist die frisch gekaufte Flasche Cola mit Wucht in den Beifahrerfußraum geprallt. Erschrocken schaut Andrea nach rechts unten, denn sie hat jetzt eigentlich ein lautes Zischen sowie eine überschäumende Flasche erwartet, doch außer ein Bisschen sichtbarer Schaum innerhalb der Flasche ist nichts zu bemerken. Erleichtert lehnt sie sich wieder in den Autositz zurück und fährt nun vorsichtig nach Hause. Der Tisch bei der Großmutter ist schon gedeckt, es kommt ihr so vor, als würde sie heute wirklich sehr freudig erwartet werden. Jacke und Tasche lässt die Oberkommissarin im Flur; während sie sich die Schuhe auszieht, hört sie einen Schrei ihrer Schwiegermutter und eilt in das Wohnzimmer. Alexander ist von oben bis unten mit Cola begossen. Mit großen, weit aufgerissenen Augen sagt er zu seiner Mutter: „Hast du das mit Absicht gemacht, Mama?" „Oh, natürlich nicht, Entschuldigung! Das tut mir leid, Alex." In diesem Moment klingelt es an der Tür, und der Pizzabote ist da. Andrea will bezahlen und zückt ihre Karte, als der Bote sagt. „Das Gerät ist kaputt, das haben wir aber am Telefon mitgeteilt." Der Blick fällt auf ihre Füße, und Andrea zieht sich schnell den zweiten Schuh aus, dazu war sie noch nicht gekommen. Ihre Schwiegermutter hilft gerne aus und zahlt das Essen. Alexander kommt in diesem Moment die Treppe wieder heruntergerannt. In frischen Klamotten sitzt er am Esstisch, und Familie Meiller genießt ihr Abendessen. Danach gehen Mutter und Sohn in die obere Wohnung, und Andrea fängt an zu reden. „Alex, hast du bitte einen Moment, ich möchte mit dir über Weihnachten reden." „Oh, das passt gut, Mama, das will ich auch. Ich habe tolle Neuigkeiten. Papa hat mich über Weihnachten eingeladen, wir wollen in den Harz fahren. Wellness für Männer!" Nun muss Andrea aufpassen, was sie sagt, das weiß sie nur zu gut und überlegt einen Moment. „Das ist ja einerseits toll, doch andererseits habe ich heute gefragt, ob ich nicht die ganzen Ferien Urlaub bekommen kann, damit wir zwei etwas gemeinsam unternehmen können. Ich dachte, dass wir zwei ein paar Tage wegfahren." Ihr Sohn setzt sich neben sie. „Mama, du arbeitest sonst doch immer über Weihnachten, woher sollte ich das denn wissen? Wir kommen am dreißigsten Dezember zurück, dann können wir zwei ja noch etwas zusammen machen. Such du was aus, am neunten Januar geht die Schule erst wieder los." Er legt den Kopf schief und hält ihr die Hand zum Abklatschen hin „Deal, Mama?" „Deal!" Andrea seufzt, das hat sie sich ganz anders vorgestellt, allerdings ist ihr Alex schon lange nicht mehr so glücklich begegnet, das darf sie mit ihrem Verhalten jetzt nicht ändern. Das Gespräch über den ersten Tadel verschiebt sie daher auf einen anderen Zeitpunkt, nimmt sich aber fest vor, am nächsten Morgen ihren Exmann anzurufen, um Klartext zu reden.

Bei Familie Kraufer hingegen herrscht meistens eine super Stimmung. Nele ist sehr zur Freude ihres Vaters sogar pünktlich um neunzehn Uhr eingetroffen. „Hmm Süße, die Lassagne schmeckt wieder hervorragend. Meinst du nicht auch, Nele?" „Ja, Mama, fast schon zu gut. Kann ich für John und mich für morgen den Rest mitnehmen?" „Selbstverständlich, aber die Form hätte ich gerne zurück!" „Wie immer, Danke". Nele verteilt Küsschen, bevor sie den Autoschlüssel von ihrem Schlüsselbund entfernt und die Autopapiere dazu legt. „Papa, kannst du denn überhaupt mit Gangschaltung fahren?" „Also weißt du, also wirklich. Die ersten Autos waren alle mit Schaltung." „Hast du etwas Besonderes vor, Nele, dass du dir Papas Wagen ausleihst?" „Äh, hat Papa dir nichts gesagt?" Es geht daraufhin noch sehr lustig bei Familie Kraufer zu. Christian gibt zu, dass er für eine Dienstfahrt einen Wagen mit Schaltgetriebe fahren muss und lieber vorher noch einmal übt, bevor er mit seinen Kollegen an Bord losfährt. Er will sich schließlich nicht blamieren. Nachdem Nele wieder abgefahren war, muss ihr Vater noch ein bisschen dafür leiden, dass er den wirklichen Grund des Autotauschs verschwiegen hatte. „Eigentlich sind zwanzig Minuten Rücken Kraulen gar keine Strafe, Süße. Das tue ich doch nach wie vor sehr gerne."

Als Andrea am Morgen im Präsidium ankommt, wundert sie sich, dass so wenig Kollegen anwesend sind, bis ihr die Anweisung von Christian Kraufer wieder einfällt, dass Überstunden abgebummelt werden sollen. Sie hat eine Nachricht von ihrem Chef auf dem Handy, dass er unterwegs zur Staatsanwaltschaft sei und voraussichtlich erst gegen elf Uhr eintreffen werde. Unverhofft steht Polizeikommissarin Lilian Meyer in ihrer Bürotür. „Andrea, hast du schon gehört, was heute Nacht hier los war?" „Nein, was ist denn passiert?", fragt die Oberkommissarin ihre Kollegin aus dem Innendienst. „Stell dir vor, heute Nacht

haben mehrere Personen versucht hier einzubre-
chen." „Was?" „Ja, wir sind schon seit Stunden dabei,
die Täter zu ermitteln. Die waren so gut vermummt,
dass selbst die neuesten Gesichtserkennungspro-
gramme keinen einzigen Treffer verzeichnen können." „Lilian, um wie viele Täter handelt es sich hierbei denn.?" „Fünf Leute mindestens. Die Kollegen
haben sie vertrieben, konnten aber nicht einen einzigen mutmaßlichen Täter ergreifen. Sie müssen gut or-
ganisiert gewesen sein. Was ein Glück, dass der
Hauptkommissar doppelte Besatzung für die Nachtschicht im Streifendienst angeordnet hat, solange wir
den Zeugen in Gewahrsam haben." Andrea Meiller
lässt sich jede Kleinigkeit von Lilian erörtern und
kommt zu der Schlussfolgerung, dass es höchstwahrscheinlich ein Angriff auf das Leben von Roman Feuerbach werden sollte. Die Tatsache, dass die zweite
Zeugin immer noch im Krankenhaus verweilen muss,
erschwert den Zeugentransport, da potentielle Täter
immer mehr Zeit für ihre eventuellen Planungen bekommen. Die fünfzigtausend Euro Kopfgeld spielen
dabei sicherlich eine große Rolle. Andrea wird ganz
anders bei dem Gedanken, dass sich im schlimmsten
Fall die halbe Unterwelt auf dem Weg nach Heidlaufen befindet, um den von allen gehassten Verräter zu
beseitigen. „Ist irgendetwas an die Presse durchgesi-
ckert? Ich habe nichts gehört, Lilian." „Nein, so
schnell die Täter an unserer Haupt-Tür waren, so
schnell waren sie im Nichts wieder verschwunden.
Wir haben hier jetzt erhöhte Alarmbereitschaft. Die
Kollegen im Streifendienst haben Urlaubssperre."
Andrea ist für einen kurzen Moment sprachlos, zu

viele Gedanken und mögliche Szenarien gehen ihr durch den Kopf. Gerne würde sie sich in diesem Moment mit ihrem Chef darüber beraten, welche zusätzlichen Sicherheitsmaßnahmen noch getroffen werden müssen. Lilian verlässt den Raum, um weiter die Bänder der Überwachungskameras zu sichten. Vielleicht findet sie ja doch noch irgendeinen Hinweis auf die Identität der unerwünschten nächtlichen Besucher. Andreas Telefon klingelt, als sie den Hörer abnimmt, ist sie von einer Sekunde auf die andere auf hundertachtzig, denn am anderen Ende der Leitung ist Jörg Meiller, ihr Exehemann und Vater ihres Sohnes. „Hallo Schatz", sie unterbricht ihn. „Andrea bitte!" Er reißt sich zusammen, um trotz der netten Begrüßung seiner Exfrau freundlich zu bleiben. „Hallo, Andrea, wie schön, dass du damit einverstanden bist, dass Alex und ich über Weihnachten ein paar Tage in den Urlaub fahren. Und wie geht es dir so?" „Ehrlich gesagt, gerade gar nicht so gut. Hier läuft alles aus dem Ruder, und ich habe Angst, dass uns Alex entgleitet. Stell dir vor, er hat innerhalb der letzten Wochen zwei Tadel bekommen. Von der ersten Verwarnung habe ich noch nicht einmal etwas gewusst, als ich bei seiner Lehrerin antanzen musste. Ich bin so sauer auf ihn, weil er meine Unterschrift gefälscht hat." „Was?", unterbricht Jörg sie. „Das stimmt doch gar nicht. Das ist unfair von dir. Du bist doch die Kommissarin, im Zweifel immer für den Angeklagten. Nicht Alex, sondern ich habe für den ersten Tadel unterschrieben!" Wütend knallt er ihr den Hörer auf. „Wie früher", denkt Andrea und fühlt sich gerade gar nicht wohl. „Wieso bin ich denn überhaupt nicht auf die Idee gekommen, dass Jörg den Tadel unterschrieben haben könnte?"

Als Hauptkommissar Christian Kraufer pünktlich zu seinem Termin im Büro des Staatsanwalts eintrifft, herrscht dort schon Krisenstimmung. Die Tür geht auf, und der leitende Staatsanwalt bittet ihn persönlich zu sich in das Büro. „Hauptkommissar Kraufer, ich freue mich Sie begrüßen zu dürfen. Was sagen Sie denn zu dem Vorfall heute Nacht? Ich denke, wir müssen schneller handeln als geplant." Christian ist verunsichert und fragt direkt nach. „Es tut mir sehr leid, aber ich bin leider nicht im Bilde, was letzte Nacht geschah." „Oh", der Staatsanwalt zeigt sich überrascht. „Wir gehen davon aus, dass letzte Nacht versucht wurde, Ihren Zeugen zu beseitigen. Es konnte nur knapp ein Anschlag auf das Präsidium verhindert werden." Christian Kraufer ist das Entsetzen deutlich anzuerkennen. „Dass Sie noch gar nichts von dem versuchten Eindringen gehört haben, ist allerdings ein gutes Zeichen, denn die Presse können wir nun überhaupt nicht gebrauchen. Unsere Zeugen müssen schneller als geplant die Stadt verlassen. Ich habe vor einer halben Stunde mit dem Chefarzt telefoniert und erfahren, dass morgen Vormittag ein erneuter Vitalcheck bei Sarah Mirkowsky vorgenommen wird. Sollte der Arzt danach sein Okay geben, kann die Überführung am späten Nachmittag starten." Die Frage nach seiner Zufriedenheit über die Einweisung in die Ausrüstung durch den Oberstleutnant kann Christian mit Begeisterung beantworten. Über den Zielort der Zeugenüberführung ist er jedoch verwundert. Er bekommt die strenge

Anweisung, mit niemandem darüber zu sprechen, nicht einmal mit der begleitenden Beamtin Marianne Falkenstein. Auch wird es ihm untersagt, den Zielort in schriftlicher Form in irgendeiner Weise zu erwähnen, nicht auf einem handgeschriebenen Zettel und schon gar nicht als Ort in einer Internet-Suchmaschine einzugeben. Er bekommt dann noch eine genaue Einweisung in die Fahrtroute, deren Baustellen sowie alle wichtigen Details. Danach erhält er noch einen Stapel Visitenkarten in die Hand gedrückt „Elektro – Meier, Andreas Meier, Industriemeister Elektro, Elektrotechnik, Aurich" sowie die genaue Anschrift der Firma samt Handynummer. Das Fahrzeug wird ein Wechselnummernschild erhalten, um sich den Örtlichkeiten anpassen zu können. Eine Einweisung hierzu wird bei Fahrtantritt erfolgen. Dann bekommt Hauptkommissar Kraufer noch zweitausend Euro in bar, überwiegend in kleinen Scheinen, zwanzig Euro sogar in Hartgeld ausgehändigt. Für eventuelle Notunterkünfte oder alle sonstigen Ausgaben heißt es. Natürlich erhält er die finanziellen Mittel nur gegen Empfangsquittung, mit der Bitte um spätere Abrechnung. Es wird ihm untersagt, irgendeinen privaten Gegenstand, der seine Identität verraten könne, mitzuführen. Das ist sehr viel Input für den Moment, auch für den langjährigen Hauptkommissar, und er muss einmal tief durchatmen. „Sie werden das schaffen, Herr Kraufer, ich vertraue auf Ihre Fähigkeiten." Nach einer kurzen Verabschiedung fährt Christian in das Präsidium, es ist überhaupt kein Problem für ihn, einen Wagen mit Gangschaltung zu fahren, nach den ersten Minuten lief jede Bewegung wie automatisch. Er wird schon von seiner Kollegin Andrea erwartet, die mit ihm über die Vorkommnisse der letzten Nacht sprechen möchte. Christian Kraufer ist nun bemüht, so wenig Informationen wie möglich preiszugeben. „Andrea, das tut mir sehr leid, aber ich darf mit dir nicht über die Details sprechen. Es kann sein, dass du mich kurzfristig vertreten musst. Du erhältst dann höchstwahrscheinlich eine kurze Info seitens des Staatsanwalts." Sie ist natürlich etwas enttäuscht über die Aussage ihres Chefs, hat aber vollstes Verständnis dafür. „Schade, aber so ist unser Job. Wenn ich dir irgendwie behilflich sein kann, lass es mich wissen. Können wir dich denn gar nicht erreichen, falls etwas Wichtiges passiert?" „Das scheint wohl so gut wie ausgeschlossen zu sein. Ist Marianne eigentlich schon wieder zurück?" Andrea zuckt nur mit den Schultern. „Ah, eine Frage habe ich noch, wo sind die Koffer von Sarah Mirkowsky? Hast du sie umgepackt?" „Natürlich, ich habe zwei große Taschen aus dem Fundus geholt. Leider ist die eine ohne Zugvorrichtung und muss getragen werden. Den Hauptteil habe ich aber in den schwarzen Trolley gepackt. Die Koffer stehen hier hinter mir griffbereit, du kannst sie dir jederzeit aus meinem Büro holen". Christian fällt daraufhin ein, dass er selbst ja auch noch eine Tasche packen muss, für den Fall der Fälle. Erschrocken bemerkt er, dass sein unten in der Zelle sitzender Zeuge ja auch Bekleidung und Kulturartikel für einige Monate braucht. Eine Übernachtung wird es für Marianne und ihn aber mindestens auch geben, bis sie die Rückfahrt antreten können. „Andrea, kannst du dich bitte heute noch darum kümmern, für

Roman Feuerbach Bekleidung für die nächsten Monate, sowie Kulturartikel einzukaufen. Schau doch auch in unserer Kleiderkammer nach, ob etwas Passendes dabei ist! Lass dir Bargeld von der Hauptkasse auszahlen, ich schreibe dir gleich einen Berechtigungsschein aus. Vielleicht kannst du sogar noch ein paar Sachen durchwaschen? Du hast doch einen Wäschetrockner, oder?" „Jetzt gleich?", fragt seine Kollegin überrascht. „Ja, frag ihn nach seiner Größe, bevor du fährst. Wenn etwas sein sollte, telefonieren wir". „ Ach, Christian?" Andrea ruft ihm hinterher, als er den Raum verlassen will. „Ja, ist noch etwas?" „Ja, ich brauche erst ab dem neunundzwanzigsten Dezember Urlaub, vorher bin ich gerne bereit durchzuarbeiten, auch über die Weihnachtsfeiertage." „Das ist super, Danke, Andrea!"

Marianne kommt und kommt nicht wieder zurück von ihrem Vermessungs-Termin auf dem Bundeswehrgelände. Christian ist schon kurz davor, dort anzurufen, als sie vollbepackt das Großraumbüro betritt. Zielstrebig begibt sie sich direkt zu ihrem Chef in sein kleines Büro und schließt die Tür hinter sich. „Hallo, Christian, du möchtest das hier bitte umgehend anprobieren." Sie reicht ihm eine große, schwere Bundeswehrtasche. „Sollte es nicht passen, musst du heute noch einmal dort hin, in die Schneiderei, zur Korrektur. Der Blaumann wird über dem kugelsicheren Anzug getragen, er muss ganz locker sitzen und darf deine Bewegungsfreiheit nicht einschränken. Ich habe mein Outfit auch gleich mitgebracht, deshalb hat es so lange gedauert." „Haben sie dir eigentlich auch irgendwelche Schutzkleidung für unsere Zeugen mitgegeben, Marianne?" Tatsächlich hat sie diesbezüglich auch eine Tasche mit kugelsicheren Westen und anderen eher kleinteiligen Dingen überreicht bekommen. Hauptkommissar Kraufer ist neugierig geworden und schaut nach, was sich so alles in der Tüte befindet. „Oh, das ist ein Nachtsichtgerät, das ist sicherlich für uns und nicht für die Zeugen. Oh, eine Zündvorrichtung, Marianne, das ist auf keinen Fall den Zeugen auszuhändigen." „Ja, ich habe doch auch noch gar nicht in die Tüte hineingeschaut. Sind die Westen denn wenigstens dabei?", fragt die Kommissarin leicht entschuldigend. „Ja, wir müssen uns im Vorwege so gut wie möglich vorbereiten. Im Einsatz kann unter Umständen jede Sekunde entscheiden." Christian überlegt einen Moment, danach beschließt er, mit Marianne eine kurze Übung der wichtigsten Kommandos in Zeichensprache zu vollziehen. Dieses Unterfangen klappt zum Glück hervorragend, und Kraufers Unsicherheit verschwindet so schnell wieder, wie sie eben aufgekommen ist. Er ist ganz fest davon überzeugt, dass er sich auf Marianne Falkenstein hundertprozentig verlassen kann, obwohl das ihr erster Einsatz dieser Art ist. „Wir werden, wenn alles nach Plan läuft, schon morgen Nachmittag aufbrechen und mitten im Berufsverkehr die Stadt verlassen, das ist am unauffälligsten." Die Beamtin nickt, und Christian bittet sie, noch vorsichtshalber morgen Vormittag eine kleine Tasche mit den nötigsten Utensilien für bis zu zwei Übernachtungen mitzubringen. Natürlich nicht ohne den erneuten Hinweis, dass keinerlei Gegenstand, der zu ihrer wahren Identität führen kann, mitzuführen ist. „Oh, das hätte ich fast vergessen, morgen früh bekommen wir neue Personalausweise. Ich bin dein Chef", er lächelt, „Andreas Meier und du bist Elektrikerin Katja Finke. Also, höchstwahrscheinlich ab morgen Nachmittag sind wir dann Katja und Andreas." Nachdenklich antwortet Marianne: „Was ist denn mit den Zeugen? Wie werden sie denn heißen?" Christian Kraufer holt erneut tief Luft, bevor er antwortet. „Wir müssen unter allen Umständen vermeiden, dass die beiden überhaupt das Fahrzeug verlassen. Für alle Fälle bringt der Staatsanwalt für beide Zeugen auch neue Identitäten, beziehungsweise Ausweise mit. Ich bin noch nicht informiert, wie die beiden für die Dauer unserer Überführung heißen werden:" „Du, Christian?" Der Heidlaufener Hauptkommissar zieht seine Augenbrauen hoch und schaut Marianne erwartungsvoll an. „Das mit der Ampulle soll ich dir unbedingt noch erzählen." „Welche Ampulle?", fragt Christian überrascht. „Im Kühlschrank liegen unten im Gemüsefach zwei Ampullen mit Betäubungsmitteln. Wir sollen uns jeder eine davon in unseren linken Ärmel des Blaumanns stecken, da ist eine passende Tasche eingenäht. Ganz vorsichtig herausziehen und dabei nicht unten den kleinen Knopf berühren." „Was denn für einen Knopf?" Kraufer bemüht sich um Konzentration, denn diese Informationen von Marianne können durchaus lebensnotwendig werden, denkt er. „Unten mittig, unter der Ampulle, wenn man auf diesen Knopf drückt, kommt eine zirka zwei Zentimeter lange Nadel zum Vorschein. Es handelt sich um ein Betäubungsmittel, welches bei einem ungefähr fünfundsiebzig

Kilogramm schweren Menschen in der kompletten Füllmenge für bis zu acht Stunden wirkt. So zu sagen ein Notfall Knockout. Wir können es auch bei den Zeugen anwenden, falls sie dem Druck nicht standhalten und durch ihr eventuelles Verhalten die ganze Aktion zu gefährden drohen." Der Hauptkommissar nickt. „Damit habe ich jetzt gar nicht gerechnet, hast du noch mehr Überraschungen parat?" „Nein, aber bei der verletzten Person müssen wir mit dem Narkotikum vorsichtig sein, falls es sich nicht mit ihrer Medikation verträgt." Marianne will, bevor sie heute Feierabend machen wird, noch einmal in das Krankenhaus fahren, um mit Sarah Mirkowsky zu sprechen. Letzte Verhaltensregeln für den kommenden Tag sollen noch einmal deutlich ausgesprochen werden.

Oberkommissarin Andrea Meiller ist mit der Beschaffung der Kleidung voll ausgelastet. Ein gewitzter Schachzug hat ihr einige wertvolle Minuten erspart, denn die Nachfrage bei der SPUSI, ob die Tasche von Roman Feuerbach wieder freigegeben ist, hat sich gelohnt. Die im Motel sichergestellte Sporttasche des Zeugens wurde der Ermittlerin ausgehändigt. Unauffällige Basic-Kleidungsstücke, wie eine einfache Bluejeans sowie schwarze Socken und Unterhosen, kann sie gleich umpacken in einen unauffälligen dunkelgrauen Trolley. Den Winterpullover mit dem Norwegermuster wie auch die Shirts vom Wacken-Open-Air sortiert sie zuerst aus, packt dann aber doch ein Festival-T-Shirt in den Koffer. „Da sind jedes Jahr an die achtzigtausend Metalfans, das macht nichts, wenn er sich dazu bekennt, ein Jahr dort gewesen zu sein. Außerdem wird er sich bestimmt darüber freuen", denkt sie. „Es nützt aber nichts, eine Jeans ist zu wenig, Winterstiefel, Schal, Handschuhe, Winterjacke und so weiter." Andrea muss erst noch ins EKZ-Nord, bevor sie nach Hause fahren kann, um die Kleidung zu waschen. Bei der Gelegenheit wird sie Frau Poch-Laret fragen können, ob sie die Vorfälle gut verkraftet hat. Doch dann besinnt sie sich, denn für dieses Unterfangen ist es besser, nicht erkannt zu werden und auch nicht weiter aufzufallen. Im Weihnachtsstress ist es nur wahrscheinlich, dass Frauen Bekleidung für ihre Männer kaufen, so wird sie dort auch nicht auffallen. „Im Gegenteil, ich kann so viel kaufen, wie ich tragen kann", denkt sie und beschließt für ihren Sohn auch etwas Schönes zu besorgen, immerhin ist bald Weihnachten.

Christian Kraufer ordnet per Email eine kurze Besprechung am morgigen Vormittag an, nur Lilian, Andrea, Marianne und er selbst sollten sich um zehn Uhr im Präsidium einfinden. Den Grund erwähnt er natürlich schriftlich nicht, außerdem ist er sehr besorgt, dass in dieser Nacht ein erneuter Versuch unternommen werden könne, um den Hauptzeugen der Anklage zu beseitigen. Je schneller die Zeugenüberführung abgeschlossen ist, um so ruhiger wird er wieder schlafen können. Heute wird er sich einen schönen Abend mit seiner Süßen machen und hoffentlich dabei abschalten können, um nicht an die ganzen Gefahren und möglichen Szenarien zu denken, was alles während der langen Fahrt zum Zielort schief gehen könne. Für diesen Tag macht er Feierabend und fährt früher als üblich nach Hause. Während er noch so grübelt, macht das Auto seiner Tochter einen Satz nach vorn, nur in allerletzter Sekunde kommt er fast schon Stoßstange an Stoßstange, vor einer roten Ampel zum Stehen. Jetzt hat er doch glatt für einen kurzen Moment vergessen, die Kupplung zu treten. Er schaut sich erst einmal um, aber es scheint niemand bemerkt zu haben. Christian Kraufer freut sich, dass nichts passiert ist, und vor allem, dass Nele nicht gerade neben ihm sitzt. Ansonsten hätte er sich bestimmt von seiner Tochter etwas anhören müssen, im Gedanken hört er ihre Stimme. „Papa, ich habe dir doch gesagt, immer schön die Kupplung treten!" Zu Hause angekommen, holt er erst einmal den kleinen schwarzen Koffer auf Rädern vom Dachboden und packt die wichtigsten Utensilien ein. „Chrissi? Irgendwie bist du komisch. Ist alles in Ordnung?" „Ja, Bine, der Einsatz die nächsten Tage wird anstrengend. Mein Handy bleibt im Präsidium, du kannst mich also leider nicht erreichen, bis ich zurück bin." Seine Frau legt den Kopf schief. „Dann rufst du mich eben an, mein Süßer." „Oh, das darf ich leider nicht, alles streng geheim." „Na, na, na. Du hast doch wohl nicht etwa eine Freundin? Da wäre ich aber stinkesauer." Er schüttelt den Kopf. „Jetzt werde du mir nach einunddreißig Jahren Ehe nicht noch eifersüchtig, das fehlt mir gerade noch. Hilf mir lieber beim Packen! Wo sind denn meine neuen Unterhemden?" Nachdem Christian Kraufer seinen Koffer fertig gepackt hat, fällt eine kleine Last von ihm ab, und der gemütliche Teil beginnt. Zum Glück kann er vollständig abschalten, und es wird ein Abend ganz nach seinem Geschmack. Eng aneinander gekuschelt schlafen die Eheleute Kraufer heute ein.

Am späten Abend im Krankenhaus. Aus der Sicht von Sarah Mirkowsky:

Ich bin total müde, das war ein ganz anstrengender Tag für mich. Heute habe ich Schmerzen, alles tut mir weh, weil sie mich richtig gequält haben. Erst haben sie Ultraschall gemacht und dabei so dermaßen auf meinen Bauch gedrückt, dass ich dachte, dass ich gleich ohnmächtig werde. Aber das ist noch längst nicht alles, ich schätze mal, dass sie mir einen halben Liter Blut abgezapft haben. Meinen linken Arm werde ich wohl drei Tage nicht mehr richtig bewegen können, in meiner Armbeuge wird es jetzt schon alles blau, morgen wird es noch deutlich schlimmer, das weiß ich jetzt schon. Irgendetwas stimmt dann auch noch mit meinen Blutwerten nicht, daraufhin habe ich einen Tropf bekommen. Ich will gar nicht wissen, was genau im Argen ist, mich interessiert nur, wann ich endlich hier raus kann. Morgen früh wollen sie mir erneut Blut abnehmen, dann wohl aus dem anderen Arm. Zum Glück war Mama heute hier und hat mich richtig umsorgt. Frikadellen, noch warm, und Kartoffelsalat hat sie mir mitgebracht und einen kleinen Teddybären vom Einkaufszentrum. Die Leiterin hat extra bei Mama angerufen, dass sie noch einen kleinen Präsentkorb für mich hätten. Außer dem Teddy war noch etwas Obst, Orangensaft und Schokolade im Körbchen. Ach ja, vor Mama war auch noch die Beamtin hier, Marianne Falkenstein. Sie hat mein ganzes Gepäck durchwühlt, meine Pralinen darf ich nicht mitnehmen, wenn es losgeht. Das kann in den nächsten Tagen so weit sein, hat sie gesagt. Auf der Packung der Pralinen stehen der Hersteller und die Ladenanschrift, ich soll sie entweder aufessen oder aber auch einfach im Krankenhaus zurücklassen. Ich bin doch nicht blöd, ich habe mir etwas Tolles einfallen lassen, um die Pralinen mitzunehmen. Hier im Krankenzimmer steht unter dem Waschbecken ein kleines Schränkchen, darin befindet sich unter anderem eine Box mit ungepuderten Einmalhandschuhen. Ich hatte mir vorgenommen, in jeden Finger eine von meinen fünf Pralinen zu stecken und dann oben zuzuknoten. Meines Erachtens sind die Pralinen dadurch besonders gut verpackt. Es hat auch ganz gut geklappt, nur dass ich jetzt nur noch drei Pralinen habe, ich konnte mich nicht beherrschen, fast hätte ich die anderen auch noch gefuttert, dann wäre der ganze Aufwand umsonst gewesen. Das Aufstehen tut mir immer noch weh, morgen früh kommen neue Untersuchungen. Irgendwie freue ich mich schon sehr darauf, Roman wieder zu sehen, ich muss unbedingt mit ihm sprechen, wie sich das alles aus seiner Sicht verhält. Ich will sein Verhalten versuchen zu verstehen, früher haben wir uns doch so gut verstanden. Ich befürchte, dass ich mehr für ihn empfinde, als ich darf, schließlich will ich ihn auf keinen Fall in zusätzliche Gefahr bringen. Ich verstehe es selbst nicht, aber in meinen Gedanken kommen wir uns deutlich näher, als es mir gestattet wird. Frau Falkenstein hat es ausdrücklich verboten. Ganz im Geheimen frage ich mich sogar, ob ich bereit wäre, mein bisheriges Leben aufzugeben, um mit ihm mitzugehen, wohin auch immer das sein wird. Der Gedanke daran erregt mich, es ist so faszinierend, bedrohlich, spannend, ach, mir fallen viele Adjektive dafür ein, und jedes passt ein bisschen. Mein ganzes Leben war ich nur in Heidlaufen und Umgebung, mal abgesehen von den Urlauben. Ich denke, dass ich nichts überstürzen werde, im Gegenteil, ich werde ihn genau unter die Lupe nehmen, dazu werde ich im Zeugenschutz sicherlich noch ausreichend Zeit haben. Ich bin ja noch jung genug, wir werden Zeit haben, das Leben neu zu erkunden und vielleicht sogar Kinder zusammen bekommen. Es tut mir alles gar nicht mehr so weh, ich bin gespannt, wie mein Leben weiter geht, jetzt muss ich erst einmal schlafen.

In dieser Nacht kann Marianne nicht gut schlafen, noch nie zuvor hatte sie einen Einsatz, bei dem so viel Verantwortung auf ihren Schultern lag, denn von ihrem Verhalten kann unter Umständen Menschenleben abhängen. In ihre kleine dunkelblaue Reisetasche will sie nur das Nötigste packen, doch als sie den Reißverschluss öffnet, müffelt es ein wenig unangenehm. Sie überlegt, wann sie diese Tasche denn überhaupt das letzte Mal geöffnet hat, doch es muss so lange her sein, dass es ihr nicht mehr einfällt. Sie krempelt die Tasche auf links und duscht sie mit heißem Wasser ab. Vorsichtshalber nimmt sie etwas gut riechendes Duschgel und schmiert die Tasche damit ein, danach spült sie diese ausgiebig ab. „Was für Menschenhaut gut ist, kann so einer alten Tasche ja wohl nicht schaden", denkt die Kommissarin und trocknet alles gewissenhaft ab, bevor sie ihre Reisetasche wieder auf rechts dreht. Der erneute Nasentest fällt durchaus positiv aus, ein zugleich lieblicher und fruchtiger Duft von Pfirsich und Maracuja kommt ihr entgegen. Sie zögert, die Wohnung zu verlassen und setzt sich für einen Moment erneut auf ihren Küchenstuhl. „Ich glaube, ich habe Angst", sagt sie zu sich selbst. Schon während der Ausbildung hat Marianne Falkenstein gelernt, dass man sich seinen Ängsten stellen muss, sie nur zu verdrängen, geht selten gut. „Ja, es ist richtig, Angst vor der kommenden Situation zu haben, schon allein deshalb, um sie nicht zu unterschätzen und um jederzeit blitzschnell reagieren zu können." Sie grübelt weiter: „Ich bin dafür ausgebildet, ich bin gut darin, ich kann das, ich schaffe das!" Sie nimmt sich vor, wenn sie gesund zurückkommen solle, einen neuen Versuch zu unternehmen, den passenden Partner zu finden. In der Zwischenzeit sind Andrea und Christian schon im Präsidium eingetroffen. Marianne erscheint nur ein paar Minuten später. Die Stimmung ist leicht gedrückt, jeder von ihnen ist sich der Gefahren und Verantwortung, welche auf Hauptkommissar Christian Kraufer sowie der Kommissarin Marianne Falkenstein liegen, durchaus bewusst. Der leitende Hauptkommissar richtet ein paar Worte an seine Mitarbeiterinnen, Lilian hat sich inzwischen auch zu ihnen gesellt. „Nun, heute ist es höchstwahrscheinlich so weit, und Marianne und ich werden für ein paar Tage unterwegs sein. Andrea, du wirst während meiner Abwesenheit die Leitung hier übernehmen und eventuell eingehende Einsätze koordinieren." Andrea Meiller nickt und hört weiter aufmerksam zu. „In ein paar Tagen werden wir zurück sein, und die Zeugen werden hoffentlich bis zu der Verhandlung sicher untergebracht sowie aus der Gefahrenzone verschwunden sein. Hat noch jemand eine Frage?" Jetzt erwartet der Heidlaufener Hauptkommissar eigentlich, mehrere Fragen beantworten zu müssen, doch es ist still geworden in dem kleinen Besprechungszimmer. Marianne will nichts fragen, denn je näher die Abreise rückt, um so mehr Zweifel und Ängste steigen in ihr auf. Sie stellt sich die Frage, ob sie besser noch ein Testament hätte machen sollen. Andrea hingegen hätte viele Fragen, hält diese aber in dieser Situation alle für fehl am Platz und unwichtig. Christian Kraufer richtet das Wort erneut an seine drei Kolleginnen. „Nun, wenn das so ist, möchte ich jetzt Lilian und Andrea bitten den Raum zu verlassen, da Marianne und ich noch einige Vorbereitungen zu treffen haben." „Viel Erfolg und bleibt gesund!", sagt Andrea und verlässt den Raum, Lilian steht ebenfalls auf, kann aber gar nichts sagen, denn erst hier im Raum ist ihr die Tragweite dieses Einsatzes ihrer Kollegen bewusst geworden, so geht sie nur freundlich lächelnd hinter Andrea her. Nachdem sie nur noch zu zweit in diesem, plötzlich viel größer wirkenden Zimmer sitzen, fragt die Kommissarin den Hauptkommissar, wie der Transport denn überhaupt starten solle? „Christian, kommt Sarah hierher, oder holen wir sie vom Krankenhaus ab?" „Marianne, die Planung sieht vor, dass wir nachher Besuch aus der Kaserne bekommen werden, immer vorausgesetzt, dass die Zeugin transportfähig ist, ich werde jetzt kurz im Krankenhaus anrufen, bleib du hier, dann kannst du mithören." Er holt sein Handy aus der Tasche und wählt die Direktdurchwahl des Oberarztes. „Christian Kraufer, Kommissariat Heidlaufen, wir hatten verabredet, heute zu telefonieren." „Oh, Herr Kommissar, ich weiß Bescheid, die Untersuchungen sind soweit abgeschlossen. Ich warte nur noch auf die Blutwerte, um danach das Okay geben zu können. Es sieht soweit alles gut aus. Wir haben den Tausch, wie gefordert, vollzogen. Kann ich Sie unter dieser Nummer zurückrufen, sobald die Ergebnisse vorliegen?" Sie beenden daraufhin das Gespräch, und Marianne fragt, was es mit dem vollzogenen Tausch denn auf sich hat. „Müller sitzt inzwischen vor einem leeren Krankenzimmer, Sarah wurde zwei Zimmer in Richtung Treppenhaus verlegt. Unser Polizeibeamter kann Sarahs Tür von seiner Position aus immer noch gut im Blick behalten und wahrt so den Anschein, dass sie noch in ihrem alten Zimmer liegt. Er bleibt noch ein paar Stunden länger dort sitzen, auch dann noch, wenn wir mit der Zeugin bereits das Gebäude verlassen haben." „Oh, super! Und wieso bekommen wir Besuch aus der Kaserne?" Christian ist mittlerweile bereit Marianne in mehr Details einzuweisen, und erklärt, wie der Transport der Kommissare zum Bundeswehrgelände geplant ist. „Sobald das Bundeswehrfahrzeug sich in unserem Parkhaus befindet, werden wir nach und nach erst unser Gepäck, danach den Zeugen mit uns zusammen in deren Fahrzeug verfrachten. So kommen wir unbemerkt von Dritten auf das Bundeswehrgelände, um uns dort dann umzuziehen und in unser Transportfahrzeug zu steigen. Getarnt als Elektrikerfahrzeug fahren wir danach bis in die Tiefgarage des Krankenhauses. Hast du nach Fragen dazu, Marianne?" Sie überlegt einen kurzen Moment und möchte dann wissen, wie Sarah Mirkowsky sicher zu ihnen in die Tiefgarage gelangen wird. „Die Frage ist berechtigt, der Chefarzt wird uns persönlich in Empfang nehmen. Wir erhalten weiße Kittel, Schuhüberzüge, Mundschutz und Handschuhe, so getarnt begleitet er uns zu unserer Zeugin, danach werden wir ohne ihn, aber mit Sarah, auf einer Bahre liegend, das Gebäude wieder verlassen." Christian bittet Marianne nun, sich mit Andrea abzusprechen, ob die Kleidung für die Zeugen bereitstehe oder aber ob noch etwas fehlt. Falls dies der Fall sein solle, müsse es unbedingt sofort besorgt werden, denn viel Zeit bleibe ihnen nicht mehr. Auch wenn in dem Überführungsfahrzeug jede Menge Schusswaffen deponiert sind, wollen die Kommissare vor Antritt ihrer Reise die eigenen Dienstwaffen noch ein letztes Mal auf ihre Einsatzbereitschaft überprüfen, immer in der Hoffnung, die Waffen nicht gebrauchen zu müssen. Es ist inzwischen fast vierzehn Uhr und fünfzehn Minuten, und Christian bittet Andrea, etwas vom Imbiss für die vier Kommissare zu holen. Kurz nachdem sie das Präsidium verlassen hat, klingelt das Handy des Hauptkommissars, es ist endlich soweit, Sarah Mirkowsky ist transportfähig. Ihre Medikation für die nächsten Wochen wird sie in einer durchsichtigen Plastiktüte unter ihrer Bettdecke mit sich führen, es handelt sich hierbei hauptsächlich um verschiedene Schmerzmittel, Körperdesinfektion und Verbandsmaterial. Für den Fall der Fälle erhält sie jedoch ein Antibiotikum, welches nur im Falle einer eventuellen Wundinfektion verabreicht werden darf. Umgehend nach diesem Telefonat, ruft Hauptkommissar Kraufer seine Kontaktperson auf dem Bundeswehrgelände an und erfährt, dass um Punkt fünfzehn Uhr der Transporter in die Tiefgarage des Präsidiums einfahren wird. Was Christian absichtlich nicht mehr ausdrücklich erwähnt ist, dass der Transporter vor dem Befahren des Polizeigeländes selbstverständlich auch gründlich überprüft wird. Die höchste Stufe der Alarmbereitschaft lässt kein anderes Handeln zu. Er informiert Marianne, die inzwischen eine Transportkarre geholt hat, um das ganze Gepäck darauf zu verstauen. Christian kommt hinzu und fragt. „Na, Marianne, wo soll es denn hingehen, in den Urlaub?" Entsetzt schaut sie ihren Chef an, und er entschuldigt sich für diese unbedachten Worte. „Ja, wo geht es denn eigentlich hin?" „Ich hoffe in ein sicheres Versteck, ich darf dir zu diesem Zeitpunkt noch nicht mehr verraten, das ändert sich aber bald."

Zur gleichen Zeit im Krankenhaus. Aus der Sicht von Sarah Mirkowsky:

Ich frage mich, warum heute alle so nervös sind, irgendetwas ist anders als sonst. Aus Sicherheitsgründen haben sie mich heute verlegt. Es wurde solange gewartet, bis kein Mensch, außer dem netten Polizisten, auf dem Gang war. Und dann haben sie mich in einem Affentempo zwei Zimmer weiter untergebracht. Unter anderen Umständen hätte es mir sogar Spaß gemacht, es fühlte sich ein wenig an wie Karussellfahren. Was ich total blöd finde, ist, dass ich meiner Mutter heute absagen sollte, weil so viele Untersuchungen anstehen, dafür dürfen meine Eltern morgen Abend dann etwas länger bleiben, das kommt mir alles komisch vor. Die geplanten Untersuchungen haben sich auf einmal Röntgen und einmal Blutabnehmen im rechten Arm beschränkt, toll, jetzt sitze ich hier und langweile mich, während Mama nicht vorbeikommen darf, auf Grund der ganzen Untersuchungen. … Mein linker Arm ist inzwischen dunkellila, pink und hellgrün geworden. Wenn es nach mir geht, können meine Eltern heute noch vorbeikommen, in diesem Zimmer hier habe ich leider auch kein Telefon. Was ich nicht so ganz verstehe, ist auch, warum sie mir eben gerade eine Plastiktüte mit Medikamenten unter mein Kopfkissen gelegt haben, ich soll gut darauf aufpassen. Ich bekomme Angst, dass sie mich gleich abholen und ich meine Eltern nicht mehr sehen werde bis nach der Verhandlung und das kann bis zu einem halben Jahr dauern. Langsam füllen sich meine Augen schon wieder mit Tränenflüssigkeit, ich will eigentlich gar nicht am Zeugenschutzprogramm teilnehmen, mir bleibt nur leider keine Wahl. Der kleine Teddy wird mich trösten, ich habe ihn mit in die Plastiktüte zu den Medikamenten gelegt, und den Handschuh mit den Pralinen ebenso, hoffentlich schmelzen sie unter dem Kissen nicht, das wäre echt schade. Ich warte darauf, dass irgendetwas Aufregendes passiert, und plötzlich muss ich wieder an Roman denken. Letzte Nacht habe ich mir vorgestellt, dass wir gemeinsam unter einem neuen Namen ein neues Leben anfangen, drei Kinder bekommen und ganz glücklich werden. Ich glaube, ich habe mich trotz des Verbotes in ihn verliebt. Mein Herz schlägt schneller, als es eigentlich soll.

Im Präsidium steigt die Anspannung von Minute zu Minute. Die Kommissare haben eine umfangreiche und allen Eventualitäten vorbeugende Ausbildung genossen, dennoch sind sie nur Menschen und keine programmierten Computer. Ihre Gefühle fahren derzeit Achterbahn, ebenso wie die Gedanken von Christian und Marianne. Sobald der Einsatz beginnt, werden sie voll konzentriert ihren Job erledigen, doch jetzt, während sie nur da sitzen und ihre Pommes essen, spielen sich unglaublich düstere Szenarien in ihren Köpfen ab. Zu jedem seiner Mitarbeiter hat der Heidlaufener Hauptkommissar in solchen oder ähnlichen Situationen die passenden Worte parat, nur für sich selbst nicht. Er fragt sich, woran das liegen könne, er weiß doch ganz genau, wie es geht. Mindestens einhundert Mal hat er sich selbst in kürzester Zeit wieder aufbauen können, doch bei diesem Einsatz scheint alles anders zu sein. Er versucht, seine Gedanken mit aller Kraft neu zu strukturieren und schiebt die nahezu perfekte Vorarbeit dieses Einsatzes an die oberste Stelle. „Alles ist gut", sagt er sich immer wieder, doch irgendetwas lässt ihn zweifeln. Christian bemerkt, wie er sich verkrampft, und schiebt den Teller mit seinen Pommes von sich weg. „Ich habe irgendwie keinen Hunger mehr." Marianne tut es ihm nach, sagt aber vorsichtshalber nichts. Ihr Chef gibt letzte Anweisungen. „Kannst du gleich mitsamt des Gepäcks in die Tiefgarage zum Treffpunkt gehen?

Zwei uniformierte Kollegen werden mich begleiten, und wir werden den Zeugen gemeinsam in die Tiefgarage bringen. Marianne, ruf mich kurz auf dem Handy an, sobald ihr das Gepäck verladen habt!" „Ja, wird gemacht", Marianne steht auf, um die Anweisungen zu erledigen. Nachdem die Transportkarre bis oben hin beladen ist, macht sie sich auf den Weg zum Fahrstuhl. Ein kurzes Winken von Andrea wird im Vorbeigehen erwidert. Lilian wünscht viel Glück und hält ihren Daumen hoch. Außen am Fahrstuhl hängt ein Schild mit dem Hinweis, dass höchstens dreihundert Kilogramm befördert werden dürfen. „Das könnte knapp werden", denkt Marianne und schiebt den Gepäckwagen mit einer mittleren Kraftanstrengung in den Fahrstuhl. Um in den gesperrten Bereich P2 zu gelangen, muss sie einen kleinen Schlüssel in eine Vorrichtung unter dem Knopf für den Nothalt stecken. Sehr zu ihrer Verwunderung ist das untere Parkdeck nicht etwa dunkel und menschenleer, sondern genau das Gegenteil ist der Fall. Es ist hellerleuchtet, und mehrere Kollegen aus dem Streifendienst stehen an sämtlichen Ein- und Ausgängen. Als Marianne mit ihrem Gepäck durch die Fahrstuhltür gehen will, wird sie gleich abgebremst und durch die wachhabenden Beamten überprüft. „Meinen Dienstausweis habe ich nicht dabei, den kann ich jetzt auch leider nicht holen, denn ich darf das Gepäck nicht aus den Augen lassen." Zum Glück kommt in diesem Moment Claas auf die beiden zu. „Hallo, Marianne, gibt es Probleme?" „Dein Kollege will mich nicht durchlassen, weil ich meinen Dienstausweis nicht dabei habe." „Oh, Jannis, das ist in Ordnung,

Marianne gehört zur Firma." Trotzdem muss die Kommissarin noch ihren vollständigen Namen sowie ihre Dienstnummer angeben. Erst nach positiver Datenüberprüfung durch den Innendienst darf Marianne mit ihrem Gepäckwagen zum vereinbarten Ziel weiter ziehen. Das Bundeswehrfahrzeug kommt ziemlich zeitgleich mit Marianne am Treffpunkt an. Danach folgt eine sorgfältige und ausführliche Überprüfung des Gepäcks. Irgendwann klingelt das Handy der Beamtin. „Ja, Kraufer hier, was ist denn los bei euch? Ist alles in Ordnung?" „Ja, die Überprüfung des Gepäcks ist gleich abgeschlossen, ihr könnt euch auf den Weg machen." Kaum hat Marianne dies ausgesprochen, wird sie auch schon abgetastet. „Das ist meine Dienstwaffe, ich bin berechtigt sie mitzuführen!" Leicht unsanft wird Marianne gegen das Fahrzeug gedrückt, und ihre Kollegen aus dem Streifendienst schauen mit großen Augen auf dieses Szenario. Sie sind verunsichert, wie sie sich daraufhin verhalten sollen. Zum Glück kommen Christian Kraufer und Roman Feuerbach genau in der richtigen Sekunde dazu. Der Heidlaufener Hauptkommissar klärt die Situation auf, kann sich aber einer eigenen Untersuchung auch nicht entziehen. Eine akribische Kontrolle des Hauptbelastungszeugen ist ebenfalls von Nöten. „Im Grunde genommen ist es so am sichersten", denkt Christian und lässt die Prozedur ebenso über sich ergehen wie die Diskussion um seine Dienstwaffe. Ihre Handys müssen die Kommissare nun abgeben, sie werden später an Lilian Meyer zur Aufbewahrung übergeben. Als das Bundeswehrfahrzeug das Polizeigelände wieder verlässt, haben die

Beamten das Gefühl, sich auf einem Gefangenentransport zu befinden. Roman Feuerbach hingegen sieht entspannt und gutgelaunt der Zukunft entgegen, zumindest vermittelt er diesen Eindruck. Auf dem Gelände der Bundeswehr angekommen, fährt der Fahrer den Wagen direkt in eine große Halle hinein. Kommissarin Marianne Falkenstein und Hauptkommissar Christian Kraufer werden gebeten, unverzüglich ihre kugelsicheren Anzüge sowie darüber die Blaumänner anzuziehen. Erst danach bekommen sie jeder eine Ampulle mit dem Narkotikum in ihren linken Ärmel platziert sowie letzte Anweisungen zur Handhabung der Spritze. Dem Zeugen wird seine Schutzweste angelegt, danach erhält er deutliche, letzte Instruktionen seitens des anwesenden Oberstleutnants. Christian ist erleichtert, dass ihm diese Aufgabe abgenommen wird. Nur fünf Minuten später ist alles erledigt. Roman und Marianne sitzen im hinteren Teil des Handwerkerfahrzeugs der Firma Elektro Meier. Ihre temporären Pässe haben die drei ebenfalls ausgehändigt bekommen. Katja Finke, Andreas Meier und Peter Müller befinden sich also derzeit auf dem Weg ins Krankenhaus, um die verletzte Julia Müller, geborene Schacht, abzuholen. Christian sowie auch Marianne sind entsetzt darüber, dass Roman und Sarah nun als Ehepaar Müller in den Zeugenschutz gehen sollen. Der Hauptkommissar hat jetzt keine Zeit darüber nachzudenken, immerhin befinden sie sich derzeit in der höchsten Alarmstufe. In diesem Moment sind sie auf dem direkten Weg zum Krankenhaus. Selten hat der Hauptkommissar so oft in die Autospiegel geschaut wie auf dieser Fahrt.

Kurz bevor Christian Kraufer mit dem Zeugen zum Parkdeck Zwei gegangen ist, hat er dem Oberarzt Bescheid gesagt, wann er ungefähr im Krankenhaus ankommen wird. Noch werden sie von Sicherheitsfahrzeugen begleitet, welche sich überwiegend vor dem Krankenhaus verteilen, um auf die Rückkehr des Elektrikerwagens zu warten, um dann wieder begleitend fahren zu können. Nur ein Fahrzeug ist mit in das kleine hauseigene Parkdeck des Krankenhauses gefahren. Doch kurz vor dem Autobahnkreuz werden sich nachher alle Sicherheitsfahrzeuge verabschieden, um nicht zu erfahren, in welche Himmelsrichtung der Zeugentransport gehen wird. Nachdem Christian eingeparkt hat, richtet er das Wort an den Hauptbelastungszeugen der Anklage. „Herr Müller, Sie werden hier auf uns warten und keinen Mucks von sich geben, haben Sie das verstanden?" „Ja, Herr Kr, Herr Meier!" „Gut, wir werden gleich die Sicherheitsverriegelung aktivieren, danach gehen meine Kollegin und ich Frau Müller holen." Der Oberarzt wartet zum Glück schon am Fahrstuhl auf die beiden Kommissare. Er hat einen Schlüssel für den Lift und stoppt die Fahrt, sodass Katja und Andreas sich ihre Kittel und alles, was dazu gehört, anziehen können. Als die drei sich dem Zimmer der Zeugin nähern und eintreten wollen, passiert etwas Unvorhergesehenes, denn Polizeiobermeister Müller springt von seinem Stuhl auf, die rechte Hand an seiner Waffe, bis er Christian erkennt und daraufhin so schnell, wie er angerannt kam, wieder zurück auf seinen Stuhl hechtet. Marianne hat sich dabei richtig erschrocken und ganz automatisch ging ihre Hand ebenfalls zu ihrer Waffe.

140

Nun hofft sie, dass Christian es nicht mitbekommen hat, doch die Konzentration auf die Zeugin ist in diesem Moment wichtiger. Roman Feuerbach ist so aufgeregt, wie ein kleiner Junge, da er sich so sehr darauf freut, Sarah beziehungsweise jetzt Julia wieder zu sehen. Ihm kommen diese zwanzig Minuten Wartezeit ewig vor, bis die Tür endlich aufgeht, und die Patientin mit Hilfe der Beamten das Fahrzeug betritt. Roman verhält sich ganz ruhig und still, er traut sich nicht einmal, ihr direkt in die Augen zu schauen, doch sein Herz schlägt so schnell, dass er seinen Puls direkt an seiner Halsschlagader spürt. Sarah Mirkowsky erfährt, dass sie jetzt Julia Müller ist, und nickt, auch sie traut sich nicht, Roman in seine Augen zu schauen. Sie kann sich gleich auf die extra für sie eingebaute Liege legen, sogar das Bettzeug darf sie mit in das Fahrzeug nehmen. Die Tüte mit ihren Medikamenten behält sie ganz in ihrer Nähe. Den Teddy aus dem Präsentkorb des Einkaufszentrums hat sie zwischen ihrem Verbandszeug verstaut, das kleine Stofftier ist ihr doch etwas peinlich vor den Beamten. Nachdem alle vier Insassen ihre Positionen eingenommen haben, wartet Christian Kraufer nun auf ein Zeichen des sich in seiner Nähe befindenden Begleitfahrzeugs. Vereinbart war einmal Lichthupe, sollte draußen vor dem Krankenhaus alles unbedenklich sein. Es dauert ein paar Minuten, bevor der Hauptkommissar das ersehnte Zeichen erhält und den Wagen daraufhin startet. Kurz darauf richtet Roman leise das Wort an Sarah. „Sarah, wir haben alle neue Identitäten bekommen. In unserem sicheren Versteck werde ich Peter Müller, dein Ehemann sein." „Was?" „Das ist nicht auf meinem Mist gewachsen, ich kann nichts dafür. Wir sind hier in einem Elektriker-Handwerksfahrzeug der Firma Elektro Meier, am Steuer sitzt der Chef Andreas Meier und daneben seine Angestellte Katja Finke", er lächelt, „und wir sind die Müllers. Das bleibt zumindest ein paar Tage so." Er kramt in seiner Jackentasche, „den soll ich dir geben" und reicht ihr den neuen Ausweis. „Julia Müller, geborene Schacht." „Oh, Roman?" „Peter bitte, wir müssen uns jetzt an unsere neuen Namen halten." „Du, Peter, mein Ausweis sieht aus, wie echt." „Ja, das kommt, weil er echt ist." Sie unterhalten sich weiter, so als würde es in den Urlaub gehen, und sprechen von früher und von anderen schönen Dingen. Marianne und Christian hingegen sind sehr angespannt, das Lenkrad wird mit beiden Händen fest umklammert und die Blicke gehen von einem Spiegel zum anderen sowie auf den großen Monitor im Cockpit. Von dort aus kann man über die Antennenkamera in alle Richtungen schauen. Das Autobahnkreuz kommt immer näher, und der Puls der Kommissare steigt leicht an, denn sie wissen, dass sie gleich auf sich allein gestellt sind. Die Hamburger Kollegen hatten gestern noch mitgeteilt, dass sich das Kopfgeld für Roman Feuerbach mehr als verdoppelt habe und nun insgesamt etwa einhundertdreißigtausend Euro betrage. Die vielen Festnahmen in der Hansestadt haben die Unterwelt fast schon geschlossen gegen Feuerbach aufgebracht. Christian ist sich nicht mehr sicher, ob eine Überführung der beiden Zeugen durch die GSG 9 nicht doch besser gewesen wäre. Die Bundespolizei könnte die Zeugen während der Überführung bestimmt besser beschützen. Jedoch würden sie diese mit so einem großen Aufmarsch nicht unbemerkt am Zielort abliefern können. Der Heidlaufener Hauptkommissar fragt sich, ob er nicht vielleicht doch schon zu alt für diese Art der Einsätze ist, doch seine Sinne sind immer noch messerscharf, und er kann, würde man ihn jetzt danach fragen, von den beiden Wagen vor ihnen sowie dem Auto neben ihm die Nummernschilder auswendig aufsagen. Nun ist der Moment gekommen, in dem sich spätestens das letzte Begleitfahrzeug verabschiedet haben muss. Das wissen die Kommissare, und jeder Überholvorgang bereitet nun einen neuen Adrenalinausschuss, und die Gefahr fährt bei jedem Meter mit. In fünf Kilometern wird der Zeugentransport das Autobahnkreuz erreicht haben, Marianne weiß immer noch nicht, in welche Himmelsrichtung es gleich gehen wird. Da sie sich noch im Feierabendverkehr befinden, ist das Fahrzeugaufkommen sehr hoch, es herrscht ein leicht zähfließender Verkehr, was nicht zur Entspannung der Kommissare beiträgt. Im hinteren Teil des Fahrzeugs geht es dagegen sehr gelassen zu, bis Roman von dem Waschraum der ungewollten Begegnungen anfängt. „Sah, äh, Julia, wir dürfen nicht über die Ereignisse im Einkaufszentrum sprechen, ansonsten dürfen wir uns gar nicht mehr unterhalten. Weil wir", Sarah fängt daraufhin an zu weinen, und er weiß nicht, wie er reagieren soll oder besser darf, denn am liebsten würde er sie jetzt in den Arm nehmen und küssen. Stattdessen sitzt er nur da und beißt sich nervös auf seiner Unterlippe herum. Er nimmt seinen Mut zusammen und greift nach ihrer Hand, doch sie zieht sie weg. „Bitte nicht, Roman, ich kann das nicht ertragen. Wir werden uns nach der Verhandlung nie wiedersehen dürfen, um in Sicherheit leben zu können." Er nickt und entschuldigt sich. „Aber ich muss dir das noch sagen. Also nochmal, wir dürfen nicht über die Ereignisse reden, damit wir uns nicht gegenseitig beeinflussen und somit unsere Zeugenaussagen in Frage stellen. Die gegnerischen Anwälte könnten das als Vorwand nehmen, unsere Aussagen anzufechten. Das hat mir der Oberstleutnant gepredigt. Hast du das verstanden?" „Ja, ich bin auch müde, ich denke, ich werde gleich einschlafen." Er lächelt sie an. „Ein einziges Wort muss ich noch loswerden," ganz leise flüstert er weiter, „Sarah, ich hätte dir nie etwas antun können. Nur dass du das weißt, dazu liebe ich dich zu sehr." Den letzten Satz wollte er eigentlich gar nicht aussprechen und traut sich jetzt nicht mehr, zu ihr herüber zu schauen. Da sie nicht antwortet, folgt ein verstohlener Blick in ihre Richtung und es macht den Anschein, als wäre Sarah eingeschlafen. Nun weiß er nicht, ob sie seinen letzten, ganz leise ausgesprochenen Satz, überhaupt noch gehört hat, bevor sie einschlief. Ganz langsam entspannen sich die beiden Kommissare auf den Vordersitzen nun auch endlich wieder. Das Autobahnkreuz haben sie schon lange hinter sich gelassen. Wie Marianne den Schildern entnehmen kann, befinden sie sich auf dem Weg nach Hannover, noch zweiundfünfzig Kilometer, bis zur niedersächsischen Landeshauptstadt steht auf dem Autobahnschild, welches sie gerade passieren. Der Hauptkommissar wartet eine passende Gelegenheit ab, um die Wechselnummernschilder auf

Hannoveraner Kennzeichen umzustellen. Es dauert ein paar Minuten, bis er den Abstand der hinter und vor ihm fahrenden Fahrzeuge für groß genug hält, um die Nummernschilder ändern zu können. Kurz vor Hannover ist der Harndrang des Heidlaufener Hauptkommissars so stark, dass er auf eine große Autobahnraststätte fährt. Nicht etwa abseits des Getümmels, sondern mitten drin, zwischen den anderen PKWs parkt er das Fahrzeug. Dieser Parkplatz ist weitläufig gut ausgeleuchtet. Es ist zwar erst viertel nach sieben Uhr abends, aber da es Mitte Dezember und zudem auch noch stark bewölkt draußen ist, ist es stockdunkel. „Hoffentlich schneit es nicht auch noch", denkt Christian Kraufer, während er den Motor ausstellt und einen letzten Rundumblick durch die auf dem Autodach befestigte Antennenkamera macht. Marianne hält hier vorne die Stellung, bevor er seinen Sitz in den hinteren Teil des Wagens schwenkt. Sein Hauptzeuge legt den Zeigefinger auf seine Lippen, um zu signalisieren, dass Sarah Mirkowsky eingeschlafen sein muss. „Das ist gut so", denkt Christian, während er sich zu der winzigen Kabine mit dem Chemieklosett begibt. So ein ganz klein wenig peinlich ist ihm jetzt das Geräusch, welches seine sich entleerende Blase von sich gibt, aber ihm bleibt keine andere Wahl. Das Fahrzeug verlassen werden die Beamten nur im äußersten Notfall. Sogar ein sehr kleines Waschbecken befindet sich auf einem Eimer, man muss pumpen, damit das Wasser fließen kann. Als er wieder zurück gehen will, fragt Feuerbach ihn mit Hilfe von Zeichensprache, ob er auch mal auf das Örtchen dürfe, und Kraufer nickt. Danach gönnt er sich einen Energiedrink und löst Marianne wieder ab. Seine Kollegin muss ebenfalls das Örtchen aufsuchen, bevor es weiter Richtung Norden geht. Gegen zwanzig Uhr fahren sie am Walsroder Dreieck auf die A27, Richtung Bremen, der Verkehr hat deutlich abgenommen, und die Sichtverhältnisse sind nicht die besten. Es nieselt leicht, plus vier Grad Celsius zeigt die Temperaturanzeige im Cockpit an, die Fahrzeuge auf den entgegen kommenden Fahrspuren blenden teilweise extrem. Alle vier Insassen wünschen sich am Zielort schon sicher angekommen zu sein.

ACHTUNG! Jetzt haben Sie als Leser/Leserin die Möglichkeit zu entscheiden, wie diese Folge der Kripo Heidlaufen weitergehen soll. Wenn Sie Ihre Nerven sowie Ihren Herzschlag schonen möchten, entscheiden Sie sich dafür, die nächsten Seiten zu überspringen und beginnen Sie erst auf Seite 181 mit dem weiteren Lesevergnügen.

Wenn Sie sich allerdings der harten Seite dieser Geschichte stellen wollen, wünsche ich Ihnen gute Unterhaltung. Lesen Sie einfach weiter bis einschließlich Seite 180.

Ein lauter Knall sowie ein unkontrolliertes hin und her Schleudern des Fahrzeugs bringt Todesängste in die Gesichter aller Anwesenden. Christian Kraufer hat große Mühe, den Wagen wieder unter Kontrolle zu bringen, offenbar ist ein Reifen geplatzt. Er lässt das Fahrzeug mit eingeschalteter Warnblinkleuchte ausrollen. Zum Glück steuern sie direkt auf einen kleinen Parkplatz zu. Jetzt muss der Hauptkommissar sich entscheiden, viel Zeit hat er nicht dafür. Soll er nun auf dem Standstreifen anhalten und dort den kaputten Reifen wechseln, oder soll er auf den Parkplatz fahren? „Was ist denn, wenn der Reifen gezielt kaputt geschossen wurde und er jetzt in eine fatale Falle fährt?", denkt Christian und bittet Marianne nach hinten zu den Zeugen zu gehen, um sie zu beruhigen. Er entscheidet sich dann doch dafür, das Fahrzeug auf den Parkplatz rollen zu lassen, ein LKW mit lettischem Kennzeichen sowie ein Personenkraftwagen aus der Hansestadt Bremen befinden sich ebenfalls auf diesem Platz, Menschen kann er derzeit keine erkennen. Im Gegensatz zu der Autobahnraststätte ist es hier sehr schlecht beleuchtet, auch der Regen ist etwas stärker geworden. Vorsichtshalber verriegelt er den Wagen, bevor er seinen Sitz nach hinten schwenkt und sich ebenfalls zu den anderen Dreien begibt. „Noch kein Grund zur Panik, höchstwahrscheinlich ist uns nur ein Reifen geplatzt. Wir werden aber vorsichtshalber erst einmal abwarten, um die Situation um uns herum besser einschätzen zu können. Alle bleiben auf ihren Positionen, beziehungsweise folgen meinen Anweisungen!" Hauptkommissar Kraufer spricht leise, aber trotzdem deutlich und bestimmend. „Frau Finke, holen Sie bitte die beiden Telefone sowie vorsichtshalber die Gasmasken mit Sauerstoffflaschen." Romans wie auch Sarahs Augen starren den Hauptkommissar erschrocken an. Wenn sie bis zu diesem Zeitpunkt noch einigermaßen relaxed waren, ist das jetzt vorbei, stattdessen kommt Panik auf. Sarah hat den kleinen Teddybären aus ihrer Medikamententüte befreit und drückt ihn ganz fest an sich. Marianne legt Sarah eine Maske auf ihre Brust und weist sie an, auf Zeichen einfach die Maske über Mund und Nase zu ziehen, danach langsam ein- und ausatmen. Roman hängt sich die Maske ebenfalls um den Hals, genauso, wie er es bei Frau Finke gesehen hat, sogar Christian tut es seiner Kollegin nach. Das erste Telefon hat er eingeschaltet, es leuchtet zur Zeit nur die grüne Diode. Der Hauptkommissar will vorbereitet sein, für den Fall, dass er handeln muss. Eine gute Viertelstunde verweilen die Vier so in ihren Positionen. Die Monitore der Antennenkamera zeigen keinerlei Auffälligkeiten, daraufhin beschließen die Kommissare gemeinsam, dass Marianne sich zurück in den vorderen Teil des Wagens begibt. Danach wird der hintere Teil erneut verriegelt. Die Bilder der Außenkameras sind nach wie vor unauffällig, daraufhin verlässt Marianne, wie mit Christian abgesprochen, den Wagen, um nach dem Reifen zu sehen. Unmittelbar nach dem Berühren des Straßenbelags spürt sie einen starken Schwerz auf ihrem linken Oberschenkel, daraufhin sackt sie zusammen. Die Ereignisse überschlagen sich, und die Kommissarin weiß nicht, wie sie reagieren soll. An ihre Waffe kommt sie nicht heran, da ein unbekannter Täter wie aus dem Nichts aufgetaucht ist und ihren Kopf einmal mit Wucht auf den Boden schlägt. „Wie viele seid ihr? Habt ihr den Verräter dabei?" Ein anderer Täter spricht ein paar laute Worte auf russisch, welche sie leider nicht versteht. „Mach den Wagen auf!", droht ihr ein dritter, maskierter bulliger Kerl. Die Täter schreien wild durcheinander und Marianne versteht aus deren Worten so viel, dass sie die Kommissarin mit sich nehmen wollen. Aus dem Augenwinkel sieht sie mehrere paar Schuhe in unmittelbarer Nähe ihres Kopfes, mindestens sechs Täter befinden sich hier, denkt sie und sieht keine Möglichkeit, Herr dieser Situation zu werden. Einer der Täter kniet auf ihrem Brustkorb, und das Atmen bereitet ihr immer mehr Probleme, da fällt ihr die Betäubungsampulle wieder ein. Wenn sie sich selbst betäubt, hat sie vielleicht eine kleine Chance, dass die Täter sie hier liegen lassen und sie somit überleben wird. „Wie gut, dass der Oberstleutnant mir gezeigt hat, wie man die Ampulle einhändig aus dem Ärmel bekommt, und zwar so, dass die Nadel aktiviert wird und den Blaumann durchsticht." Sie schafft es sich selbst in der Nähe ihres Handgelenks zu stechen. Kurze Zeit darauf merkt sie, wie ihr die Augen zufallen und alles um sie herum schwarz wird.

Hauptkommissar Kraufer muss das Szenario um Marianne hilflos mitansehen, er kann ihr nicht helfen, seine Aufgabe ist es nach wie vor, mit allen ihm zur Verfügung stehenden Mitteln, die Zeugen zu beschützen. Gleich nach dem Zusammenbruch seiner Kollegin hat er den finalen Rettungsruf an die Kollegen der Bundespolizei gesendet, indem er die ihm durch den Oberstleutnant mitgeteilte Ziffernfolge auf der Rückseite des Klotzhandys eingegeben hat. Jetzt müssen sie nur noch durchhalten, die Helikopter werden sicherlich jede Sekunde in die Luft steigen, um ihnen zur Hilfe zu kommen, hofft Christian Kraufer. Vorsichtshalber öffnet er den Waffenschrank und bewaffnet sich und den Hauptzeugen. Ein lauter Knall wirft das Fahrzeug auf die Seite und schleudert die sich in ihm befindlichen Personen durch die Gegend. Christian schießt mit einem Maschinengewehr mehrere Salven nach oben, in das große Loch, welches sich jetzt in der rechten, oben liegenden Seitenwand des Elektrikerfahrzeugs befindet. So kann er wichtige Minuten kostbare Überlebenszeit retten. Währenddessen versucht Roman zu Sarah vorzudringen, es sind nur eineinhalb Meter bis zu ihrer Liege, doch er kann sich nicht bewegen, seine Beine sind unter der Toilettenkabine begraben. Ein Blick zu Sarah Mirkowsky lässt den Hauptkommissar schaudern. „Was ein Glück, dass Roman dieser Anblick von seiner Position aus verwehrt bleibt", denkt er, bevor er eine weitere Salve aus dem Loch schießt. Ein erneuter, lauter Knall lässt es in seinen Ohren nur noch piepen, hören kann er jetzt nichts mehr außer diesen grellen Ton. Das Ausmaß des Schadens ist noch nicht erkennbar, er schießt das Magazin leer. Allein kann er keine Sprengladung bauen und gleichzeitig den Zeugen bewachen. Er schiebt ein neues Magazin in das Gewehr, als er einen großen Schatten über dem Loch zum Himmel entdeckt, „Oh mein Gott, ein Bundeswehrhelikopter. Sie sind gekommen, um uns zu retten!"

Aus der Sicht von Sarah Mirkowsky

Heute haben mich die Kommissare zum großen Zeugentransport abgeholt. Der nette Polizist kam angerannt und wollte mich beschützen, bis er gemerkt hat, dass seine Kollegen mich abholen. Ich war ganz aufgeregt, denn ich wusste, dass ich Roman endlich wiedersehen werde. Ich habe einen neuen Personalausweis erhalten, Julia Müller sollte ich für die Zeit im Zeugenschutz heißen oder zumindest solange, bis wir in unserem ersten Quartier angekommen wären. Roman hat zu mir gesagt, dass er mich liebt, das macht für mich alles nur noch viel schlimmer. Es ist alles anders gekommen, als ich es mir in meinen furchtbarsten Albträumen hätte vorstellen können. Wir hörten ein lautes Geräusch, danach wackelte der Wagen hin und her, bis wir auf einem Parkplatz zum Stehen gekommen sind. Marianne hat mir eine Maske mit Sauerstoffflasche umgehängt, bevor sie den Reifen wechseln wollte. Irgendetwas muss schiefgelaufen sein, denn Hauptkommissar Kraufer hat einen Notruf an die Bundespolizei abgesetzt. Wir sollten uns ganz ruhig verhalten. Der Kommissar hat den Waffenschrank geöffnet und ganz viele Waffen herausgeholt, sogar Roman hat eine bekommen. Dann gab es einen ganz lauten Knall. … Danach habe ich versucht zu schreien, ganz tief einzuatmen, um ganz laut zu schreien, das konnte ich aber nicht mehr. Das werde ich nie wieder können, nie mehr lachen, nie mehr weinen, nie mehr schreien und nie mehr lieben. Ich kann meinen Körper sehen oder besser das, was noch von ihm übrig ist, aber ich komme nicht wieder zurück.

Ich schwebe hier im Raum, oder ob es nur meine Seele ist, ich weiß es nicht. Mein Körper ist zerstört, wenn ich ihn mir betrachte, könnte ich mich übergeben, aber auch das geht nicht mehr. Es fängt alles an zu verschwimmen, und ich weiß, dass es das Ende für mich ist. Roman lebt, er ist verletzt, aber er lebt, ich nicht mehr. Ich werde nun in eine andere Welt gehen und für immer meine Familie wie auch Roman alleine lassen müssen. Ich merke, dass es genau jetzt zu Ende geht und sende in Gedanken einen letzten Gruß an alle meine Lieben.

Während der Helikopter über ihnen fliegt, hält Christian Kraufer das Maschinengewehr krampfhaft fest. Er kann nicht mehr hören, was genau vor sich geht, denn er vernimmt nur noch dumpfe Geräusche. Es piept und kracht in seinem Kopf, und er ist kurz davor das Bewusstsein zu verlieren, doch er will unbedingt durchhalten bis zu seiner Rettung, oder wenn es so sein soll, auch bis zu seinem letzten Atemzug, um den Hauptzeugen der Anklage zu beschützen. Er bekommt nicht mit, dass seine Kollegin, Kommissarin Marianne Falkenstein, mittlerweile zwischen mehreren Leichen auf dem Asphalt des Parkplatzes liegt. Schon unmittelbar nach dem Eingang des Notrufs seitens des Hauptkommissars wurde die Autobahn beidseitig gesperrt, der offiziell genannte Grund war ein schwerer Verkehrsunfall. Nachdem die Auffahrten für Fahrzeuge komplett gesperrt waren, waren auch keine möglichen Zeugen des darauf folgenden Szenarios auf dem Parkplatz vorhanden. Die

Bundespolizei ließ keinen Wagen durch, keinen Polizeiwagen wie auch keinen Rettungswagen oder Feuerwehrwagen. Niemand könne später von etwas berichten, was sich offiziell nie so zugetragen haben würde. Seitens der Angreifer gab es keinerlei überlebende Person. Die beiden Fahrzeuge der Täter, welche sich auf dem Parkplatz befanden, wurden später genauso beseitigt wie auch die Leichen. Offiziell waren die betroffenen Personen nie an diesem Ort gewesen. So verstarben an diesem Tag nicht nur zwei Zeugen, denn es stand ziemlich schnell fest, dass Sarah Mirkowsky wie auch Roman Feuerbach offiziell bei einem schweren Verkehrsunfall auf der Autobahn verstarben, sondern verschwanden an diesem Tag auch acht Personen aus der Unterwelt für immer spurlos.

Die verletzten Kommissare sowie auch Roman Feuerbach sollen in ein Bundeswehrkrankenhaus geflogen werden. Roman kann bei seinem Abtransport Sarah nicht sehen, Soldaten halten eine Plane hoch und schirmen ihn ab. Er geht davon aus, dass es zu seinem Schutz ist, und hofft immer noch, dass es Sarah gut geht. Auf seine Rufe antwortet sie nicht. Seine Beine wie auch sein ganzer Oberkörper schmerzen. Auch auf seinen Ohren liegt ein hoher Ton, und er bekommt große Angst, dass Sarah etwas Schlimmeres zugestoßen sei. Ein Tropf hängt mittlerweile über ihm, gehalten durch einen jungen Soldaten. Ein anderer muss sich übergeben, das lässt Roman schon fast in Panik verfallen. „Was ist mit Sarah? Geht es ihr gut?", fragt er ständig, doch er erhält keine Antwort. Aus dem Augenwinkel kann er Frau Falkenstein sehen, sie hat eine Kopfwunde, welche offenbar hier vor Ort und in diesem Moment genäht wird, die Beamtin scheint bewusstlos zu sein. Herrn Kraufer kann er weder sehen noch hören, stattdessen steht der Oberstleutnant plötzlich neben ihm. „Herr Müller, wir bringen Sie jetzt in ein Bundeswehrkrankenhaus, dort werden wir Ihre Verletzungen nach diesem Verkehrsunfall", das Wort „Verkehrsunfall" spricht er eindringlich, laut und deutlich aus, „behandeln. An alles andere, wie auch an diesen Tag, werden Sie sich nicht mehr erinnern können, wenn Sie überleben wollen. Haben Sie das verstanden?" Roman nickt, und sein Gegenüber widerholt den Satz noch einmal, bis Roman laut sagt: „Ja, habe verstanden." In der Zwischenzeit untersuchen Beamte der Bundespolizei das immer noch auf der Seite liegende Elektrikerfahrzeug. Die Leiche von Sarah Mirkowsky wird in einen Leichensack verfrachtet. Diese Tätigkeit stellt selbst für erfahrene Beamte eine große Herausforderung dar. Sie versuchen das menschliche Gewebe, so gut es geht, komplett in den Leichensack zu verfrachten. Da ein Geschoss ihren Kopf zerbersten lassen hat, befinden sich an der linken Wand des Wagens und darüber hinaus auch an der Fahrzeugdecke unendlich viele kleine sowie auch etwas größere Gewebe- und Knochenteile. Diese Eindrücke werden wohl nie wieder aus den Gedanken aller Personen verschwinden, welche einen Blick auf dieses unsagbar grausame Bild werfen mussten. Der Oberstleutnant ist sich sicher, dass es eine Funkverbindung zu den Attentätern gegeben haben muss. Die Operation „Zeugenschutz" ist so akribisch geplant und umgesetzt worden, dass er sich nicht vorstellen kann, einen Peilsender oder ähnliches bei der Überprüfung der Personen wie auch des Gepäcks übersehen zu haben. Das Fahrzeug kam aus seiner Obhut, jedes Teil ist mit höchster Sorgfalt und Sicherheitsstufe verbaut worden, auch hier sieht er keinerlei Ansatzpunkt für ein fehlerhaftes Verhalten mit diesen schwerwiegenden Folgen. „Es muss eine andere Quelle für dieses Attentat geben", denkt er. Als sein Team den Leichensack verladen will, überprüft er ihn auf Strahlung, und sehr zur Verwunderung der Anwesenden schlägt das Gerät aus, und ein Warnton ertönt. Es nützt nichts, die Leiche muss daraufhin überprüft werden. Erneut schaudern die anwesenden Beamten beim Anblick der sich ihnen darbietenden Leichenteile. Ein kleiner Teddy hat Schuld an der ganzen Katastrophe dieses bitter bösen Tages. In ihm steckt ein Sender, sehr klein, jedoch ebenso effektiv. Ein erster Blick auf dieses technische Gerät lenkt den Verdacht auf einen osteuropäischen Geheimdienst. Sicherlich nicht unvorstellbar, denn Roman Feuerbach gefährdet mit seiner bevorstehenden Aussage nicht nur etliche Personen aus der Hamburger Unterwelt. Viele der über die norddeutsche Metropole vertriebenen Drogen werden über osteuropäische Staaten eingeführt. Das Netzwerk der Bosse der einzelnen Clans ist über die ganze Welt verzweigt. Nun heißt es herauszufinden, wie der Teddy in den Besitz von Sarah Mirkowsky gelangt ist und warum er nicht aufgefallen ist, als sie das Fahrzeug betreten hat. Dazu versucht der Oberstleutnant mit dem Heidlaufener Hauptkommissar zu sprechen. Hauptkommissar Kraufer befindet sich auf einer Trage liegend

in einem der in der Zwischenzeit zusätzlich eingetroffenen Helikopter. „Können Sie mich hören, Herr
Kraufer?" fragt er laut. Doch der Hauptkommissar
gibt ein Zeichen, dass er zur Zeit nichts hören kann.
Da auch die den Zeugentransport begleitende Kommissarin derzeit nicht vernehmungsfähig ist, muss er
mit dem Hauptzeugen der Anklage sprechen. „Herr
Müller, haben Sie eine Ahnung, wie dieser Teddy in
die Hände von Julia Müller gelangt ist?" Auf dem
hochgehaltenen Teddy sind deutliche Blutspuren zu
erkennen und Roman ahnt, was passiert sein könne.
„Wie geht es Sarah?", fragt er, ohne auf die Frage des
Oberstleutnants einzugehen. „Erst meine Fragen beantworten, danach beantworte ich Ihre! Kennen Sie
diesen Teddybären? Wie ist er in das Fahrzeug zu
Ihnen gelangt?" „Das weiß ich nicht genau, Sarah
hatte ihn irgendwann in den Händen. Ich glaube, sie
hat ihn in ihrer Medikamententüte gehabt. Mehr weiß
ich wirklich nicht. Was ist mit Sarah, bitte sagen Sie es
mir." Seine Augen füllen sich mit Tränenflüssigkeit,
und der Oberstleutnant legt seine rechte Hand auf
Romans linke Schulter. „Offiziell sind Sie beide heute
bei einem Verkehrsunfall ums Leben gekommen. Tatsache ist, dass Sie jetzt unser einziger Zeuge sind. Das
tut mir sehr leid." Er klopft ihm zweimal auf die
Schulter und verlässt das Blickfeld des Zeugen. Roman wird bewusst, was geschehen sein muss, denn
Sarah ist nicht mehr bei ihm, und er wird sie wohl
auch nie wieder sehen können, zumindest in diesem
Leben nicht mehr. „Wenn ich sie nicht in den Waschräumen erkannt hätte, dann würde sie jetzt noch leben. Ich bin schuld, Rest In Peace, Sarah!", er

schluchzt. Seine körperlichen Schmerzen spürt er nicht mehr, denn der Schmerz um Sarah ist tausendmal größer. Es ist ihm scheißegal, wieviele harte Soldaten das jetzt mitbekommen, er weint bitterlich und schläft daraufhin ein paar Minuten später ein. Eine Spezialeinheit der Bundeswehr beseitigt alle Spuren des Attentats sowie des darauf gefolgten Kampfes. Sogar der Asphalt wird an einer Stelle neu geteert, zu stark sichtbar sind die Spuren des vielen Blutes der Toten. Es ist schon früher Morgen, als die Autobahn endlich wieder freigegeben wird. Niemand wird nun auch nur einen einzigen Hinweis auf das finden, was sich am gestrigen Abend sowie in der Nacht hier abgespielt hat. Keine einzige Patronenhülse, kein Blutstropfen und keinen Hinweis auf acht verschwundene Attentäter samt deren Fahrzeugen sind jetzt noch zu entdecken. Ruhig und fast schon romantisch präsentiert sich der Parkplatz in den Morgenstunden, das Thermometer zeigt null Grad Celsius an, es riecht nach ganz frischer, klarer Luft, und Raureif bedeckt die wenigen großen Bäume am Parkplatzrand.

Als Kommissarin Marianne Falkenstein am frühen Morgen im Hospital wieder zu sich kommt, weiß sie im ersten Moment gar nicht, was passiert ist, noch wo sie sich befindet. Ihr Kopf wie auch der linke Oberschenkel schmerzen, und sie fühlt einen breiten Verband an ihrer Stirn. Ganz langsam kommen die Gedanken an die Ereignisse des gestrigen Abends zurück, und vor ihren Augen sieht sie die Schuhe der Attentäter neben sich auf dem Asphalt. Ein Adrenalinschub lässt ihren Puls in die Höhe steigen, und sie bekommt Panik. „Hilfe, Hilfe!" Eine

Krankenschwester eilt zu ihr und beruhigt sie. „Bleiben Sie ruhig, Frau Finke, es ist alles in Ordnung, ihre Werte sind gut. Morgen dürfen sie wieder nach Hause. „Wo ist mein Kollege?", fragt sie und weiß nicht, ob sie jetzt nach Christian Kraufer oder Andreas Meier fragen soll. „Wo bin ich denn hier? In welcher Stadt" „Oh, sie hatten einen schweren Verkehrsunfall auf der Autobahn und sind jetzt hier im Bundeswehrkrankenhaus Heidlaufen." „In Heidlaufen? Das verstehe ich nicht, kann ich mit meinem Kollegen sprechen?" „Herr Meier befindet sich gerade im Operationssaal, vor heute Nachmittag können Sie ihn nicht sehen. Ist sonst noch etwas, ich muss weiter", sagt die Schwester hektisch. „Ein Telefon, bitte!" „Ich komme später wieder, schlafen Sie noch ein paar Stunden, es ist erst halb fünf Uhr morgens." Marianne will nicken, das hätte sie lieber bleiben lassen, denn unmittelbar bei dem Versuch, ihren Kopf zu bewegen, durchzuckt sie ein stechender Schmerz über der linken Schläfe. Sie versucht sich zu konzentrieren, doch es fällt ihr schwer. „Was ist nur mit Sarah und Roman? Hoffentlich geht es ihnen gut", denkt die Kommissarin, bevor sie tatsächlich erneut einschläft. Als sie die Augen wieder öffnet, steht Andrea Meiller mit einem kleinen Blumenstrauß vor ihrem Bett. „Oh, ich wollte dich nicht wecken, gute Besserung! Ich hole schnell eine Vase." Marianne freut sich über Andreas Besuch, sie hat so viele Fragen an ihre Kollegin. „Woher weißt du denn, dass wir hier sind?" fragt sie Andrea, nachdem diese die Vase auf dem kleinen Tischchen abgestellt und einen Stuhl neben Mariannes Bett platziert hat. „Der leitende Staatsanwalt hat mich heute morgen um sieben Uhr zu sich zitiert". Sie senkt den Kopf. „Das ist alles so fürchterlich, Marianne, kannst du mir die Ereignisse aus deiner Sicht erzählen?" „Ich weiß gar nicht genau, was alles passiert ist und wie es den anderen geht. Ich weiß nur, dass Christian gerade operiert wird, oder vielleicht ist er jetzt auch schon fertig operiert worden, ich bin ja noch einmal eingeschlafen. Weißt du, Andrea, ich wollte eigentlich nur den Reifen wechseln, als ich dann ausgestiegen bin, wurde ich brutal überfallen, ich konnte gar nichts tun, außer mich selbst mit einer Betäubungsspritze außer Gefecht zu setzen, sonst hätten sie mich bestimmt getötet." Andrea kommen nun die Tränen, was bei ihr eher sehr selten vorkommt, und Marianne schaut sie mit weit aufgerissenen Augen an. „Entschuldigung", Andrea schnaubt aus und versucht, sich zusammen zu reißen. „Euer Fahrzeug hatte einen schweren Unfall auf der Autobahn, beide Zeugen haben es nicht überlebt." Andrea schnieft erneut, in diesem Moment jedoch deshalb, weil sie ihre Kollegin in Bezug auf die Zeugen anlügen muss. „Christian hat es leider schwerer erwischt," sie macht eine Pause und putzt sich die Nase. „Sie mussten ihn operieren, um sein Gehör zu retten. Es steht noch nicht fest, ob er wieder arbeiten kann oder in den Vorruhestand gehen muss." Marianne ist ergriffen und leicht verwirrt von Andreas Worten und fragt mit zittriger Stimme, wie das denn sein kann, mit dem Unfall. Sie kann sich gar nicht daran erinnern. „Ich habe Sarah doch noch lebend gesehen. Stimmt das wirklich, dass sie tot ist?" Andrea erinnert sich an die eindringlichen Worte, welche der Staatsanwalt an sie gerichtet hat, und antwortet ihrer Kollegin. „Ja, Sarah ist genau so, wie auch Roman, bei eurem schweren Verkehrsunfall ums Leben gekommen." Als Marianne die Bedeutung dieses Satzes bewusst wird, fangen ihre Ohren leicht an zu piepen, auch stellen sich die kleinen Haare auf ihren Unterarmen auf, und sie fängt an zu zittern. „Mir geht es nicht gut", sagt sie und übergibt sich. Andrea springt auf und holt die Schwester, die sofort nach einem Arzt ruft. Andrea muss das Zimmer verlassen, darf aber später noch einmal für maximal fünf Minuten zu ihrer Kollegin zurück. Sie nutzt die Zeit, um wichtige Fragen zu stellen. „Marianne, wer hat Sarah den Teddy geschenkt?" „Was denn für einen Teddy? Ich weiß nichts davon, vielleicht ihre Mutter, sie war nach mir noch einmal im Krankenhaus bei Sarah. Weiß die Familie Mirkowsky schon Bescheid?" „Nein, ich werde sie gleich informieren, dann nehme ich Rosa zur Unterstützung mit. Ich schaue heute gegen Abend noch einmal nach dir, halte durch, ja!" Marianne winkt ihrer Kollegin hinterher und fragt sich, was es denn mit diesem Teddy auf sich haben könne. Das Frühstück wird serviert, und sie ist für einen Moment abgelenkt.

Als Andrea Meiller an diesem Morgen vom Krankenhaus in das Präsidium fahren will, wird sie eine Zeit lang durch ihr Handy davon abgehalten. Kaum hat sie das Gebäude verlassen, geht eine Nachricht nach der anderen piepend auf ihrem Handy ein. „Oh je, was ist jetzt schon wieder passiert?", schießt es ihr durch den Kopf. Sie hört die Sprachnachricht von ihrer Kollegin Lilian zuerst ab. „Andrea, wo steckst du? Das EKZ-Nord ist heute Nacht überfallen worden,

160

und von Frau Poch-Laret fehlt jede Spur. Wir gehen davon aus, dass sie entführt wurde, um den Tätern Zugriff auf den Tresor zu gewähren. Wir haben die alte Soko wiederbelebt." Etwas schneller als erlaubt fährt die Oberkommissarin nun zum Präsidium und wird auch prompt geblitzt. „Nicht schon wieder," schreit sie laut auf. Sie verschiebt den Besuch bei Familie Mirkowsky um genau eine Besprechung, immer in der Hoffnung, dass die Familie den schweren Verkehrsunfall nicht vor ihrem dortigen Eintreffen in Zusammenhang mit ihrer Tochter bringen wird. Die für heute Nachmittag angedachte Pressekonferenz wird der Pressesprecher allein abhalten müssen. Spätestens dann wird der offizielle Tod der beiden Zeugen bekannt gegeben. Polizeioberkommissar Martin Simmels hat seine Kollegen zusammengetrommelt, nun sitzen die Kommissare ohne Christian und Marianne in der Runde, immer noch sichtlich geschockt über die Ereignisse der letzten fünfzehn Stunden. Für den Moment schließen sie einen Zusammenhang mit den Ereignissen in den Waschräumen und dem Diebstahl der Einnahmen des Einkaufszentrums aus. Höchste Priorität hat momentan das Leben der Leiterin des EKZs. So kurz vor Weihnachten ist der Gemeinschaftstresor der vierundzwanzig Mietparteien des Ladenzentrums mit einer sechs- bis siebenstelligen Zahl an Euro gefüllt. Vor kurzem haben die Ermittler erfahren, dass der Tresor in der Weihnachtszeit alle zwei Tage geleert wird. Andrea entscheidet, dass sie nach ihrem Gespräch mit Familie Mirkowsky direkt in die Wohnung von Frau Poch-Laret fährt, um nach irgendwelchen Anhaltspunkten zu suchen. Eine

Streife ist derzeit vor Ort, konnte aber nichts Außergewöhnliches bemerken, außer vielleicht, dass die Penthouse-Wohnung der vermissten Person sehr minimalistisch eingerichtet ist. Da das zur Zeit aber voll im Trend liegt, macht Andrea Meiller sich keine weiteren Gedanken darüber. Polizeikommissar Fritz Marster begleitet die Spurensicherung zum Einkaufszentrum, während Lilian die Sichtung der Überwachungsbänder übernimmt beziehungsweise delegiert. Bei dieser Summe ist es zu befürchten, dass Frau Poch-Laret nun auch Opfer eines Verbrechens werden wird. Oder auch schon geworden ist, da die Diebe die Leiterin sicherlich nur dazu brauchten, um in das Gebäude, an den Tresor und wieder nach draußen zu kommen. Eine Lösegeldforderung halten die ermittelnden Beamten derzeit für unwahrscheinlich, da das Geld aus dem Tresor bereits entwendet wurde. Piet und Martin machen sich auf den Weg zu der Firma des Wachdienstes, denn die Frage stellt sich, wo die wachhabenden Personen sich befanden, während das Einkaufszentrum ausgeraubt wurde.

In dem Moment, als Andrea mitsamt der Psychologin Rosa Roggenpohl die Wohnung von Familie Mirkowsky betritt, ahnt Sarahs Mutter, was geschehen ist und setzt sich im Flur auf die kleine Kommode, obwohl nur zwei Meter weiter ein Stuhl steht. „Ist etwas mit Sarah passiert? Nicht etwa der Verkehrsunfall gestern Abend? Bitte nicht." Rosa Roggenpohl bittet die Mutter, sich in das angrenzende Wohnzimmer zu begeben. Gestützt von Andrea setzen sie sich dort alle drei gemeinsam auf die Sitzgarnitur. „Ist Ihr Mann auch anwesend, Frau Mirkowsky?", fragt Rosa behutsam. „Nein, der ist auf der Arbeit." „Können Sie mir bitte die Telefonnummer Ihres Mannes geben?" Sie greift nach dem auf dem Glastisch liegenden Telefon und drückt die Drei, danach hält sie den Hörer Rosa hin. Nach einem kurzen Telefonat ist Herr Mirkowsky per Taxi unterwegs zu ihnen. Das darauf folgende Gespräch mit beiden Elternteilen ist hart und sehr traurig. Die Frage nach dem Teddy kann Sarahs Mutter jedoch präzise beantworten. Während Rosa noch ein paar Minuten allein bei der Familie bleibt, setzt Andrea sich schon ins Auto und informiert ihre Kollegen über die Aussage von Frau Mirkowsky. „Lilian, bitte überprüfe Frau Poch-Laret. Von Kopf bis Fuß, alles Weitere nachher im Präsidium." Ihre anderen Kollegen bekommen eine kurze Sprachnachricht. Die Psychologin steigt zu Andrea in den Wagen und wird an der nächsten Straßenbahnhaltestelle abgesetzt. Andrea fährt direkt weiter zur Wohnung der vermissten Person. Schon der erste Eindruck verdichtet ihren Verdacht, dass Frau Poch-Laret sich aus dem Staub gemacht haben könne. Ein Gespräch mit Mitarbeitern der Spurensicherung lässt sie zu der Erkenntnis kommen, dass die Leiterin selbst die Diebin sein könne. Sehr wenig persönliche Gegenstände befinden sich derzeit noch in der wunderschön gelegenen Penthouse Wohnung in unmittelbarer Nähe des EKZs. Kleidung, Kulturartikel, Schuhe, Taschen sind nur sehr reduziert vorhanden, Schmuck dagegen nicht ein einzelnes Stück. Der Sportwagen von Frau Poch-Laret steht allerdings unten vor dem Gebäude und die passenden Schlüssel liegen fein säuberlich nebeneinander auf der Hutablage der Garderobe. Für

Andrea gibt es hier nichts mehr zu entdecken. Etwas später im Präsidium erfährt sie von Lilian, dass Bob Simmer seit fast einem Jahr mit der vermissten Person liiert war. Getroffen haben sie sich offenbar fast immer auf halber Strecke zwischen Heidlaufen und Hamburg, in verschiedenen Hotels, meistens von Samstag spät abends, bis Montag früh. Eine durch Lilian durchgeführte Personenabfrage hat ergeben, dass Fleur Poch-Laret seit einem Monat Fleur Simmer heißt und höchstwahrscheinlich unter diesem Namen untergetaucht ist. Da sie französische Wurzeln hat, wurde die Fahndung über Interpol ausgeweitet, in der Hoffnung, dass die französischen Kollegen über kurz oder lang einen Fahndungserfolg erzielen werden. Die Auswertung der Kameras dauert noch an, um sicher zu stellen, dass es sich mit Frau Simmer um eine Einzeltäterin handelt. Als Piet und Martin von ihrem Termin bei dem Geschäftsinhaber der Wachfirma zurück kommen, berichten sie, dass Frau Poch-Laret, unmittelbar nachdem die Soko-EKZ-Nord ihre Ermittlungen dort eingestellt hat, deren Vertrag aufgekündigt hat. Das hatte zur Folge, dass gestern Abend um Punkt vierundzwanzig Uhr die Schlüsselübergabe an die Leiterin des Einkaufszentrums stattgefunden hat und somit die Zusammenarbeit mit dem EKZ-Nord beendet war. Martin macht sich ein paar Notizen, bevor er das Wort an seine Kollegen richtet. „Wenn ich das jetzt richtig verstanden habe, ist Frau Poch," er verbessert sich, „Frau Simmer, seit gestern Nacht mitsamt der Einnahmen der letzten zwei Tage auf der Flucht, vermutlich irgendwo in Frankreich." Andrea antwortet. „Ja, so sehen wir es auch, diesbezüglich endet unsere Zuständigkeit hier, insbesondere nachdem wir nun wissen, dass es in der Nacht auf Veranlassung Frau Simmers keinen Wachdienst mehr gegeben hat im Einkaufszentrum-Nord. Was wir jetzt noch abwarten müssen ist, ob eine weitere Person an dem Diebstahl der Firmengelder beteiligt ist. Lilian überprüft die Bildaufzeichnungen, eventuell müssen wir daraufhin noch tätig werden und nach einem weiteren Täter fahnden, die Wahrscheinlichkeit ist jedoch gering." Alle wollen wissen, wie es den verletzten Kollegen geht. „Ich war heute Morgen kurz bei Marianne, fahre nachher aber noch einmal ins Krankenhaus, auch um mich nach Christian zu erkundigen. Was wir jetzt wissen, ist, dass die beiden Zeugen bei dem Verkehrsunfall auf der Autobahn ums Leben gekommen sind." Dieser Satz fällt der Oberkommissarin besonders schwer, weil sie damit gezwungen ist, ihre Kollegen zu belügen. Sie würde gerne von dem Teddybären und dem Zusammenhang zu Fleur Simmer berichten, doch das wäre gegen sämtliche, ihr doch so wichtige Grundlagen der Polizeiarbeit, und so schweigt sie schweren Herzens. Insgeheim hofft sie, bald ausführlich mit ihrem Chef über alles sprechen zu können. Am frühen Nachmittag kommt dann auch die Entwarnung seitens der Kollegen im Innendienst, und Lilian gibt Bescheid, dass Frau Simmer ganz eindeutig als Einzeltäterin für den Diebstahl verantwortlich ist. Das bedeutet, dass nun die Berichte geschrieben werden müssen. Andrea verabschiedet sich jedoch für diesen Tag und fährt ins Bundeswehrkrankenhaus, um zu erfahren, wie es ihren Kollegen geht. Sie hofft sehr, dass sie sich überhaupt mit Christian unterhalten kann, für alle Fälle steckt die Oberkommissarin ihr kleines Tablet in ihre Handtasche. Andrea benutzt eher selten eine Tasche, in diesem Fall könne es jedoch sehr von Nutzen sein, befürchtet sie. Im Krankenhaus wird sie direkt nach dem Betreten zu einem Gespräch mit dem Oberstleutnant gebeten. Ein junger Soldat begleitet die Oberkommissarin in ein Nachbargebäude auf direktem Weg zu ihrer Unterredung. Nach dem Klopfen an die Tür öffnet der Oberstleutnant persönlich und nimmt die Beamtin in Empfang, danach salutiert er kurz mit dem Soldaten und bittet ihn, im Flur auf den Gast zu warten. „Frau Oberkommissarin Meiller, wie ich gehört habe, sind Sie im Bilde, was die Ereignisse der letzten Nacht betrifft." Er schaut sie mit einem stechenden Blick an, und der Kommissarin bleibt nichts anderes übrig, als sich unterzuordnen. „Ja, das bin ich. Allerdings bin ich nicht im Bilde, was den Gesundheitszustand der verletzten Personen betrifft." „Wie Sie wissen, ist der Hauptzeuge der Anklage offiziell heute Nacht bei dem Verkehrsunfall gestorben. Nicht einmal Kommissarin Falkenstein ist über die wirklichen Ereignisse informiert. Sie hat vor den Angriffen der Attentäter das Bewusstsein verloren und soll nun zu ihrer Sicherheit in dem Glauben bleiben, dass es keine Attentäter gegeben hat und sie sich bei dem Unfall auf der Autobahn verletzt hat." Der Oberstleutnant schaut die Kommissarin erneut mit einem stechenden Blick an. „Wenn es nach mir gegangen wäre, hätten wir Sie, Frau Oberkommissarin Meiller, gar nicht mit einbezogen in die Geschehnisse der letzten Nacht. Der Herr Staatsanwalt hielt das aber für notwendig. Ich hoffe sehr, dass er sich da nicht geirrt hat. Je weniger Personen involviert sind, um so sicherer ist es, dass der Prozess für Recht und Ordnung sorgen wird. Ihnen ist klar, dass Sie sich strafbar machen, sollten Sie ihr Wissen nicht für sich behalten?" „Äh" Andrea würde am liebsten Klartext mit ihrem Gegenüber reden. Sie ist aber zu intelligent, um sich jetzt auf eine Diskussion mit ihrem Gesprächspartner einzulassen. „Ja, das ist mir selbstverständlich klar." Andrea ist froh, als sie sich wieder auf dem Weg, zurück zum Krankenhaus befindet. Ihr ist warm geworden bei dem Oberstleutnant im Zimmer, oder sollte sie besser sagen, in seiner Zelle? Gitter sind jedenfalls vor seinen Fenstern angebracht, jegliche Dekoration dagegen ist nicht vorhanden, nicht einmal ein Bilderrahmen mit einem Foto seiner Angehörigen. Andrea denkt über die Situation nach, während sie die Gänge zurück gehen. „Hm, Marianne weiß also nicht viel und soll vergessen, dass sie zusammengeschlagen wurde und stattdessen verinnerlichen, dass sie einen Verkehrsunfall hatte. Sie weiß nicht, dass Roman Feuerbach noch am Leben ist, für sie ist er, genauso wie auch Sarah Mirkowsky, bei dem schweren Verkehrsunfall verstorben. So, wie es morgen auch in jeder Zeitung stehen wird." Endlich betritt sie das Krankenhaus erneut, nun darf sie auch weiter gehen in Richtung der verletzten Personen. Mariannes Krankenzimmer befindet sich gleich am Anfang der Patientenzimmer, und so beschließt Andrea zuerst mit ihrer Kollegin zu sprechen, vielleicht kann sie so ja auch schon etwas über Christians Gesundheitszustand erfahren. Freudig lächelt Marianne ihr entgegen, deutlich erkennt man, dass ihre linke Gesichtshälfte angeschwollen ist. „Danke noch für meine Blumen. Ich darf morgen wieder nach Hause," sie zögert etwas, bevor sie den nächsten Satz ausspricht. „Es tut mir leid, Andrea, ich bin bis zum neunten Januar krankgeschrieben, das ist ein Montag." „Ach, Marianne, mach dir darüber bitte keine Gedanken. Hauptsache, du wirst wieder gesund." „Aber du wolltest doch mit deinem Sohn wegfahren. Jetzt, wo Christian auch noch länger ausfällt." „Weißt du, was er genau hat?" „Nicht ganz genau, aber das eine Ohr ist fast taub, es fehlen noch weitere Untersuchungen. So wie es aussieht, wollen sie ihm Mitte Januar ein Implantat einsetzen. Mehr kann ich dir leider nicht dazu sagen, aber er freut sich bestimmt über Besuch von dir." Ein paar Sätze sprechen die beiden Kommissarinnen noch über private Dinge, bevor Andrea sich auf den Weg zu Christian macht. Sie ist sehr froh darüber, dass Marianne das Thema Sarah Mirkowsky nicht angesprochen hat. Christian sieht sehr schlecht aus, und Andrea erschreckt sich richtig. „Hallo Andrea, ich habe Probleme mit dem Hören." „Hallo Christian, geht es dir schon etwas besser?" Als Antwort bekommt sie nur ein paar Handzeichen was so viel bedeuten soll wie „ich verstehe dich nicht". Die Kommissarin setzt sich auf einen kleinen Hocker, welcher in der Nähe des Krankenbettes steht und holt ihr Tablet aus der Tasche. „Was hast du denn jetzt vor?", fragt ihr Chef. Nachdem Andrea das Schreibprogramm gestartet hat, legt sie los und tippt wie wild: *„Hallo, Christian, hoffe, dir geht es schon wieder besser. Ich bin involviert, der Oberstaatsanwalt hat mit mir*

168

gesprochen. Ich weiß Bescheid!" Sie hält ihrem Chef den Text unter die Nase, und er antwortet. „Ich bin vielleicht taub, aber sehen kann ich noch ganz gut, Andrea." Beide lächeln, und Christian spricht leise weiter. „Weißt du, wie die Attentäter auf uns aufmerksam geworden sind? Wo war das Leck?" Andrea tippt wieder: *„Frau Poch-Laret. Sie hat Sarah einen kleinen Teddy mit integriertem Peilsender zukommen lassen."* Entsetzt reagiert der Hauptkommissar, „das hätte ich nie für möglich gehalten." Andrea tippt weiter: *„Es kommt noch schlimmer, sie heißt seit einem Monat Simmer mit Nachnamen. Und jetzt kommt der Hammer, sie hat gestern Nacht die Kasse des EKZs geplündert und ist derzeit auf der Flucht. Ich habe Interpol eingeschaltet."* „Was schreibst du denn da alles, lass mal sehen, bitte." Völlig entsetzt liest der Heidlaufener Hauptkommissar die Zeilen von Andrea. „Oh, ich bin platt. Auch nach so vielen Dienstjahren kommt immer wieder alles anders, als gedacht. Andrea, kannst du deinen Urlaub nochmal verschieben, geht das?" Sie tippt: *„Natürlich, aber freu dich nicht zu früh, dafür bekomme ich die kompletten Osterferien frei, Deal?"* „Deal, Andrea. Ach, kannst du mir bitte aus der kleinen Schublade mal zwanzig Euro …. Hallo, Nele, Hallo, Bine!" Andrea verabschiedet sich und verspricht am nächsten Tag wieder nach ihrem Chef zu sehen. Als die Kommissarin das Zimmer verlässt, hört sie noch, wie Daniela ihren Vater fragt, wie denn der Unfall passiert sei. Nun muss die Oberkommissarin noch einmal mit dem Hauptbelastungszeugen der Anklage sprechen, da sie klare Anweisungen des leitenden Staatsanwalts bekommen hat. Nach Peter Müller,

Nummer 284, soll sie fragen. Am Ende des Gangs ist eine verschlossene Tür mit einer Klingel. Als Andrea klingelt, tut sich im ersten Moment nichts, und sie wird unsicher, wie sie sich nun weiter verhalten soll. Kurz bevor sie bereit ist, die Klingel erneut zu betätigen, geht die Tür auf, und ein Soldat bittet um ihren Personal- sowie Dienstausweis. Eine Soldatin kommt zur Hilfe und tastet Andrea professionell ab. „Was ein Glück, dass ich meine Dienstwaffe nicht dabei habe", denkt die Kommissarin, als sie endlich, nachdem sie sich mit der ihr zugewiesenen Nummer identifiziert hat, zu Roman Feuerbach in das Zimmer gelassen wird. „Frau Meiller", begrüßt er sie, „oder heißen Sie jetzt auch anders?" „Nein, wie geht es Ihnen denn, Herr Müller?" Vielleicht hätte sie diesen Satz besser nicht aussprechen sollen, der Staatsanwalt hatte sie schon vorgewarnt, dass Roman Feuerbach sehr nah am Wasser gebaut ist. Der Zeuge bekommt sofort feuchte Augen, und es wird deutlich, dass er sich die Schuld für den Tod seiner großen Liebe gibt. Andrea versucht sich an ihr letztes Psychologieseminar bei Rosa zu erinnern, und fängt behutsam an, auf Roman Feuerbach einzureden. „Es ist nicht Ihre Schuld, Sie haben die Waffe nicht abgefeuert, das waren brutale Attentäter. Sie hätten das nicht verhindern können. Ab jetzt werden wir nur noch über einen Verkehrsunfall reden, und zwar alle Personen geschlossen, Hauptkommissar Kraufer wie auch Kommissarin Marianne Falkenstein. Selbst unter Eid während der Verhandlung dürfen Sie nichts anderes aussagen, das müssen Sie mir schwören." Entsetzt schaut der junge Mann zu ihr herüber. „Nein, Sarah muss doch gerächt werden." „Ganz unter uns, und nur unter uns, das ist sie bereits, das können Sie mir glauben. Sie wird nie mehr zurückkommen können, genauso wenig wie die Attentäter. Sarah wird von Ihnen erwarten, dass Sie Ihre Aussage vor Gericht genau so konsequent durchziehen, wie Sie es vor dem Unfall vorhatten zu tun. Sarah zu Liebe werden Sie Ihre Aussage machen, denn sie ist für die Verhandlung gestorben. Lassen Sie es sich nicht nehmen, dazu beizutragen, viele dieser schweren Verbrecher für etliche Jahre aus dem Verkehr zu ziehen." Er senkt den Kopf und fasst sich daraufhin schmerzverzerrt an seinen Brustkorb. „Ich habe drei Rippen gebrochen, das ist aber nicht schlimm. Ich werde wohl bis zur Verhandlung einfach hierbleiben." Andrea schaut ihn mit großen Augen an. „Das glaube ich kaum, aber das geht uns nichts mehr an. Tun Sie weiterhin, was Ihnen gesagt wird. Nur das Eine dürfen Sie nie vergessen, es hat niemals ein Attentat auf das Zeugenfahrzeug gegeben, es war ein schwerer Verkehrsunfall, an den Sie sich leider nicht mehr erinnern können." „Danke, Frau Kommissarin, ich habe das kapiert. Sarah zu Liebe werde ich alles genau so machen, wie der Staatsanwalt das verlangt." Andrea steht auf und richtet noch ein letztes Mal das Wort an den Zeugen. „Ich gehe jetzt, wir werden uns hoffentlich nie wieder sehen. Ich wünsche Ihnen für ihr zukünftiges Leben alles Gute. Halten Sie durch, eines Tages wird auch für Sie wieder die Sonne scheinen!" „Danke, für Sie auch alles Gute", ruft er ihr noch nach. Andrea ist leicht erbost über sich selbst. Hätte sie nicht etwas weniger sagen können? Sie hat zu viel geredet, das weiß sie, aber am Ende hat sie den Zeugen genau da, wo der Staatsanwalt ihn haben will.

Im Präsidium ist es dieses Jahr die Tage vor Heiligabend sehr ruhig. Die Kollegen aus dem Streifendienst haben dagegen viel mit ausgearteten Weihnachtsfeiern und Taschendiebstählen zu tun. Nach den Besuchen im Bundeswehrkrankenhaus Heidlaufen ist Andrea an diesem Tag sehr geschafft. Wie gut, dass sie ihre Weihnachtsgeschenke für Alex schon kaufen konnte, als sie für den Zeugen im EKZ-Nord eingekauft hat. Etwas nachdenklich geworden fragt sich die Oberkommissarin, ob Christian wohl schon etwas für seine Frau zu Weihnachten besorgen konnte. Sicherlich wird Bine die Geschenke für Tochter Nele besorgt haben, aber was ist mit Bine? Andrea nimmt sich fest vor, am anderen Tag eine Kleinigkeit zu besorgen, bevor sie ins Krankenhaus fährt. Am besten etwas, was ihr selbst auch gut gefällt, falls ihr Chef schon ein Geschenk für seine Frau haben sollte. Eigentlich will sie am Abend noch mit Alex über den geplanten Weihnachtsurlaub sprechen, doch heute fehlt ihr die Kraft dazu, und sie schläft beim Viertelnach-acht-Film schon in den ersten fünf Minuten ein. Gegen dreiundzwanzig Uhr geht sie in ihr Bett und schläft direkt weiter, bis der Wecker sie wach klingelt. Alex bekommt heute Ferien, fällt ihr plötzlich wieder ein, und sie schreckt hoch. „Oh, er hat noch gar nicht gepackt, Jörg wird ihn sicherlich heute Nachmittag für die Harzreise. Ich habe seine T-Shirts vergessen zu waschen." In Windeseile zieht sie sich an und rennt die Treppe zu ihrer Schwiegermutter hinunter, um dann zu erfahren, dass die Oma schon gewaschen und gebügelt hat für die Reise, und zwar für den Enkel sowie auch für den Sohn. „Danke, wenn ich dich nicht hätte", sie drückt ihre Schwiegermutter, was ansonsten eher selten vorkommt. Bevor Andrea das Haus verlässt, will sie sich noch von ihrem Sohn verabschieden und flitzt die Treppe zurück nach oben. Sehr zu ihrer Verwunderung sitzt Alexander in der Küche, die Kaffeemaschine blubbert, und er liest Zeitung. „Alex, guten Morgen, mein Schatz", sie zögert einen Moment, ob sie ihren großen Sohn nun umarmen soll oder nicht, da streckt er ihr schon die Arme entgegen, um die Mama zu umarmen. „Tut mir leid, Mama, dass ich nun an Weihnachten nicht zu Hause bin, aber du hast ja Oma hier." „Ja, das stimmt," Andrea schreckt zusammen, als sie die Bilder eines schweren Verkehrsunfalls auf der Titelseite der Morgenzeitung sieht. „Ja, Mama, das waren Deine Kollegen, oder?" Andrea sieht sofort, dass es sich um eine professionell ausgeführte Fotomontage handelt, die Schlagzeile ist jedoch fantastisch für den Zeugenschutz. *„Beide Hauptzeugen der Anklage bei einem schweren Verkehrsunfall verstorben! Kommt die Drogenmaffia wieder einmal davon? Werden die Morde im Heidlaufener Einkaufszentrum-Nord nun überhaupt noch aufgeklärt? Der Heidlaufener Hauptkommissar Christian Kraufer liegt schwer verletzt im Krankenhaus, ebenso derzeit nicht vernehmungsfähig ist seine Kollegin, Kommissarin Marianne Falkenstein. Wir werden der Sache auf den Grund gehen und Sie, liebe Leser/innen, weiterhin auf dem neuesten Stand halten!"* „Mama, ich denke, wir sollten unseren Urlaub verschieben, die werden dich hier brauchen. Vielleicht können wir zwei dann ja über

Ostern nach Mallorca fliegen?" „Vielleicht, das werden wir dann sehen. Verschieben wir alles auf die Osterferien, dir und deinem Papa nun eine wunderschöne Männer-Wellness-Zeit und ein ganz herzliches Weihnachtsfest."

Schon im Auto sitzend beschließt Andrea, ihre Pläne für den heutigen Tag leicht abzuändern, und ruft zu allererst im Präsidium an, bevor sie den Wagen startet. „Hallo Lilian, Andrea Meiller hier, liegt etwas für uns an heute Morgen?" „Nein, Andrea, es ist alles ruhig. Martin ist hier und schreibt Berichte, Fritz kommt etwas später, er muss zum Zahnarzt. Die anderen sind alle auf Abruf, wie besprochen." „Hat die Fahndung nach Fleur Simmer schon Ergebnisse gebracht? Hast du etwas gehört diesbezüglich?" „Nein, nur dass der Bürgermeister hier angerufen hat. Im Rathaus weiß man nicht genau, wie man jetzt mit der Situation umgehen soll, dass die Leitung des EKZs die Einnahmen veruntreut hat." Andrea überlegt einen Moment, bevor sie antwortet. „Ach du meine Güte, sicherlich hat Frau Poch, ich meine Frau Simmer, die ganzen Versicherungen selbst abgeschlossen, das muss wohl alles vor Gericht geklärt werden. Die armen Geschäfte. Es muss dringend eine Interims-Leitung das EKZ führen, so kann das nicht weiter gehen, morgen ist Heiligabend! Weißt du was, ich fahre, bevor ich ins Krankenhaus zu Christian gehe, noch einmal kurz dort vorbei. Soll ich dir etwas mitbringen, Lilian?" „Ja, das wäre nett, ich bin dieses Jahr zu gar nichts gekommen, bitte einfach zwei fünfzig Euro Gutscheine vom EKZ, was anderes fällt mir nun sowieso nicht mehr ein, nächstes Jahr fange ich früher an, mich um die Weihnachtsgeschenke zu kümmern. Geht das, dass du mir die Gutscheine mitbringst?" „Klar, das ist überhaupt auch eine gute Idee für meine Schwiegermutter, bis später dann. Falls etwas sein sollte, im Krankenhaus stelle ich mein Handy aus, ansonsten bin ich zu erreichen. Ach, Lilian, such bitte die Telefonnummer von dem Wachdienst heraus und schick sie mir zu, bis später!" Andrea hat tatsächlich, auch jetzt gegen zehn Uhr, schon Probleme, noch einen Parkplatz im Parkhaus zu bekommen. Am dreiundzwanzigsten Dezember herrscht im EKZ-Nord offenbar Ausnahmezustand. Die Schlange an der Information ist sehr lang, doch da die Gutscheine des Zentrums ausschließlich hier ausgegeben werden, reiht Andrea sich ein und wartet. Sie überlegt, ob ein Gutschein nicht auch ein schönes Geschenk für Sabine Kraufer sei, und kommt zu dem Entschluss, vier Gutscheine zu besorgen, um damit das Thema „Weihnachtsgeschenke" als erledigt abhaken zu können. Im Obergeschoss befindet sich ein kleines Reisebüro, vielleicht schaut sie nachher noch einmal dort vorbei, um einen Osterurlaub zu buchen. Plötzlich wird sie von einer Verkäuferin angesprochen, die Träumerei über den bevorstehenden Urlaub hat die Zeit verfliegen lassen. Wunderhübsch werden die Gutscheine verpackt, und Andrea strahlt, als sie sich auf zum Büro des Einkaufszentrums macht. Glücklicherweise trifft sie die ehemalige Sekretärin von Frau Simmer an und wird ins Büro gebeten. „Frau Kommissarin, gut dass Sie da sind. Ich soll das EKZ-Nord kommissarisch leiten. Ach, was ein Wortspiel", sagt sie mit einem Hauch von einem

Lächeln, doch man sieht ihr an, dass sie nicht glücklich über die derzeitige Situation hier ist. „Frau …?", Andrea hat den Namen der Sekretärin vergessen. „Brunckhorst!" „Entschuldigung, Frau Brunckhorst, ich gebe Ihnen die Nummer vom Wachdienst. Uns ist bekannt geworden, dass Frau Simmer die Zusammenarbeit mit dem Sicherheitsdienst beendet hat, bevor sie die Gelder veruntreut hat." Die Sekretärin setzt sich hin und fragt leicht verunsichert: „Wer ist denn Frau Simmer? Ich dachte Frau Poch-Laret hat uns das hier eingebrockt." „Oh, das wissen Sie noch gar nicht? Frau Poch-Laret hat vor ungefähr einem Monat geheiratet und heißt nun Simmer. Bei der Festnahme in dem Motel am Autobahnkreuz wurde ihr Ehegatte erschossen. Sie haben doch sicherlich davon gehört." „Nein, also ja. Sie war wie eine Freundin für mich und jetzt das!" Frau Brunckhorst ist sichtlich überfordert mit der ganzen Situation. Andrea sieht sich hier in der Pflicht, für die Sicherheit des Zentrums zu sorgen. So ruft sie zuerst im Rathaus an, und erst nachdem die Oberkommissarin das Okay vom Bürgermeister bekommen hat auch den Wachdienst. Die Sicherheitsleute sollen umgehend ihren Dienst wieder aufnehmen können, bevor eventuell die nächste schlimme Tat an diesem Ort passiert. Der Bürgermeister will sich persönlich um eine Firma kümmern, welche schnellstmöglich die komplette Schließanlage des Zentrums erneuern wird. Es ist nicht ausgeschlossen, dass ein oder mehrere Schlüssel in die falschen Hände gelangt sind. Andrea sichert zu, die nächsten Tage vermehrt Streife fahren zu lassen, Tag und Nacht! Ein Diebstahl der Einnahmen aus den

Ladenkassen reicht", denkt sie. Nur ihre Kollegen und Kolleginnen aus dem uniformierten Dienst tun ihr sehr leid, jetzt müssen aufgrund der Situation im Einkaufszentrum Extraschichten geleistet werden.

Der leitende Staatsanwalt versucht sich derzeit mit Hauptkommissar Christian Kraufer zu verständigen. Auf dem linken Ohr kann er schon wieder etwas hören, noch fühlt es sich jedoch so an, als sei sein Ohr voller Wasser, und er hört die ihm entgegen gebrachten Worte nur leise und dumpf wie aus der Entfernung. Es dauert eine Weile, bis Christian versteht, dass der Staatsanwalt ihn nach den zweitausend Euro fragt, welche er ihm vor Antritt der Zeugenfahrt ausgehändigt hat. „Sie müssen ganz langsam sprechen und etwas lauter, wenn Sie mir antworten wollen. Das Geld liegt in der Schublade, es ist vollständig." Für den Bruchteil einer Sekunde zögert Christian, doch dann sagt er: „Ich brauche aber zwanzig Euro davon. Ich muss nachher Schulden bezahlen." Sein Gegenüber schüttelt mit dem Kopf, und Christian wird leicht sauer. „Sie müssen mir das Geld ja nicht schenken, ich gebe es Ihnen zurück, oder ich überweise es Ihnen auch gerne." Nach langem Hin und Her und ein paar unangenehmen Missverständnissen, aufgrund der eingeschränkten Konversationsmöglichkeiten zieht der Staatsanwalt seine eigene Geldbörse aus seiner Jackett-Innentasche und überreicht dem Hauptkommissar einen blauen Zwanzigeuroschein. „Anstatt Blumen", sagt er laut und deutlich mit einem Zwinkern. Christian hält das nicht für Bestechung oder sonst irgendwie verwerflich und bedankt sich höflich. Der Staatsanwalt wird sich Anfang

2017 wieder mit ihm in Verbindung setzen und wünscht ihm weiterhin gute Besserung, bevor er das Krankenzimmer wieder verlässt. Jetzt ist er endlich in der Lage, Andrea nachher ihre achtzehn Euro für Bines Blumenstrauß zurück zu zahlen. „Das ist ja schon fast verjährt", denkt er, Christian hasst es, Schulden zu haben. Leider hat er sich eben zu doll aufgeregt, und sein rechtes Ohr schmerzt mehr als je zuvor. Erst als Andrea den Raum betritt, entspannt er sich wieder. Bevor sie etwas sagen kann, streckt er ihr den Geldschein entgegen. „Stimmt so, für Bines Blumenstrauß. Tut mir leid, dass es solange gedauert hat." Die zwei Euro Wechselgeld von Andrea lehnt er energisch ab. Sie tippt derweil schon auf ihrem Tablet: *„Hast du schon etwas für Bine zu Weihnachten? Falls nicht, ich habe vorhin ein paar Fünfzigeuro-Gutscheine vom EKZ-Nord besorgt. Gerne gebe ich dir einen ab, nur wenn du magst."* Während Christian die Zeilen liest, holt sie einen der hübsch verpackten Gutscheine aus ihrer Handtasche. Ihr Chef zögert jedoch kurz, bevor er antwortet, und Andrea ist sich für den Moment nicht sicher, ob es vielleicht falsch gewesen sein könne, ihm das Geschenk anzubieten. „Danke, Andrea. Jetzt habe ich nur wieder das Problem, dass ich kein Geld mehr hier habe", sagt er leicht zerknirscht. Seine Kollegin tippt und lächelt dabei. *„Das macht doch gar nichts, kannst du mir dann nächstes Jahr geben."* „Danke, das ist wirklich ein super Geschenk, Bine geht bestimmt davon aus, dass sie gar nichts bekommt." Diesen Satz kommentiert Andrea lieber nicht, stattdessen teilt sie Christian mit, dass sie gestern Klartext mit dem Zeugen geredet hat. Sie tippt schnell noch ein paar Sätze, bevor sie sich ins Präsidium aufmachen will. *„Der Staatsanwalt hat mir mitgeteilt, dass der Richter dabei ist, alle Unterlagen zu sichten und dass die Verhandlung höchstwahrscheinlich schon Ende Januar beginnen wird, mit oder ohne Frau Simmer. Ach, eine Sache noch, ich habe über Ostern vierzehn Tage Kreta gebucht für Alex und mich. Ansonsten wünsche ich euch SCHÖNE WEIHNACHTEN, habe gehört, dass du morgen für ein Paar Tage nach Hause darfst. Marianne ist auch schon entlassen worden."* Christian nickt und wünscht Andrea ebenfalls „Fröhliche Weihnachten". Er ruft ihr dann aber noch hinterher: „Andrea, komm bitte noch einmal zurück!" Sie dreht sich um und er bittet seine Kollegin, ihr Tablet wieder aus der Handtasche zu holen. Dann tippt er: *„Bitte, lass uns bis zur Verhandlung das Thema Zeugenüberführung und alles, was dazu gehört, nicht mehr ansprechen. Diese schrecklichen Bilder werden nie wieder aus meinem Gedächtnis verschwinden. Es ist und war ab jetzt nur ein Verkehrsunfall!"* Andrea schreibt zurück: *„Ja, fest vereinbart!"*

Die Akte Soko EKZ-Nord wird vorerst geschlossen. Allen ermittelnden Beamten, die die Realität kennen, ist bewusst, dass Herbert Eichstätter, Fleur Simmer sowie etliche Personen aus dem Drogenmilieu sich ihren gerechten Strafen nicht entziehen werden können. Immer vorausgesetzt, dass der doch so wichtige Zeuge die nächsten Monate bis nach seiner vollständigen Aussage vor Gericht überleben wird. Spätestens nach der Verhandlung und dem Bekanntwerden, dass Roman Feuerbach noch am Leben ist, werden Hauptkommissar Kraufer sowie Oberkommissarin Andrea Meiller sich vor ihren

Kollegen erklären müssen. Ganz besonders vor dem darauf folgenden Gespräch mit Marianne graut es Andrea.

Im Präsidium ist es ruhig, und man wartet auf den nächsten Einsatz. Erfahrungsgemäß kann es nicht mehr lange dauern, denn über Weihnachten passieren nicht nur Dinge aus Liebe und Mitmenschlichkeit, sondern oft auch Taten aus Hass, Eifersucht, Neid und Habgier. Die nächste Herausforderung für die Kripo Heidlaufen wird mit Sicherheit wieder den bedingungslosen Einsatz seiner Ermittler fordern, und sie werden Ihr Leben erneut riskieren, um anderes Leben zu schützen.

Alternatives Ende:

Sie kommen langsamer voran als geplant. Vor Bremen muss Christian für ein kleines Stück auf die Autobahn 1 Richtung Süden, um kurze Zeit später wieder auf die Autobahn 28 Richtung Oldenburg zu gelangen. Noch vor Leer muss er dann die Autobahn verlassen. Das zumindest hat er seiner Kollegin Marianne Falkenstein erzählt, die Realität jedoch, verhält sich etwas anders. Das Gespräch mit dem leitenden Staatsanwalt beschäftigt den Heidlaufener Hauptkommissar sehr. Noch nie zuvor musste er einem Kollegen oder einer Kollegin bewusst Schaden zufügen, um sie dadurch zu schützen. „Ich kapiere das einfach nicht; warum habe ich mich nur darauf eingelassen?", fragt sich Christian. Wenn es nach ihm gegangen wäre, hätte er Marianne eingeweiht in das, was hier gleich passieren wird, doch der Staatsanwalt hat es vehement abgelehnt, seine Kollegin zu involvieren. Die Sicht ist schlecht, und kurz vor Bremen ist natürlich mal wieder eine Baustelle. Christian kennt diese Strecke gut, denn als Nele noch klein war, ist Familie Kraufer in den Sommerferien oft an die Nordseeküste gefahren. Dass er nun unter diesen Umständen diese Strecke fahren muss, bereitet ihm keine Freude, im Gegenteil, er hat Angst um seine Passagiere. Mit dem Staatsanwalt ist ein vorgetäuschter Unfall abgemacht, in eben dieser Baustelle, in der sie sich gerade befinden. Es sind nur noch 1,5 Kilometer bis zum Ende der Sperrung der linken Fahrspur, und Christian merkt, wie er ganz leicht anfängt zu schwitzen. „Warum passiert denn jetzt nichts?", fragt er sich im Stillen. Leider darf er mit seiner Kollegin nicht darüber sprechen, es ist sogar noch viel schlimmer, denn er hat die Anweisung bekommen, Marianne unbemerkt mit der Betäubungsspritze außer Gefecht zu setzen. Sie soll später glauben, dass die Zeugen bei einem Verkehrsunfall ums Leben gekommen seien. „Wie soll er Marianne nur unbemerkt pieken, das muss sie doch merken", denkt Christian. Die Geschwindigkeitsbegrenzung ist von fünfzig auf dreißig Stundenkilometer reduziert worden, und Marianne wird misstrauisch. „Christian, ich glaube, hier stimmt etwas nicht, ich habe schon länger kein entgegen kommendes Fahrzeug registriert. Hinter uns ist auch kein Auto zu sehen." Der Hauptkommissar versucht ganz ruhig zu bleiben: „Vielleicht ist die entgegengesetzte Richtung gesperrt." Kaum hat er diesen Satz zu Ende gesprochen, kommt ein Bundeswehrfahrzeug von links aus der Baustelle und fährt in den Zeugentransport hinein. Etwas zu stürmisch, so war es gar nicht geplant, und der Wagen kippt auf die rechte Seite. Es gibt einen lauten Knall, Christian nutzt die Schrecksekunde, um Marianne mit der schon vorbereiteten Spritze das Narkotikum zu verabreichen. Er hat allerdings nicht damit gerechnet, dass Marianne ihre Waffe bereits gezogen hat und auf eine vermummte Person schießt, welche in diesem Moment ruckartig die zum Horizont zeigende Fahrertür geöffnet hat. Dieser Schuss aus der Waffe seiner Kollegin ging unmittelbar an seinem rechten Ohr vorbei. Christian ist für den Bruchteil einer Sekunde nicht handlungsfähig, er spürt ein lautes Piepen und einen starken Schmerz in seinem Kopf. Danach schafft er es, seine Kollegin zu entwaffnen. Mehrere Mitglieder der GSG 9 stürmen daraufhin das Fahrzeug. Da die Umgebung durch die Bundespolizei bereits gesichert wurde, stürzen sich die vermummten Gestalten auf Marianne und ziehen sie mit Gewalt und brachialer Kraft von ihrem Sitz heraus an Christian vorbei auf die Straße. Leider zieht sie sich bei dieser Aktion eine Platzwunde am Kopf zu. Zum Glück bekommt die Kommissarin ihre Verletzung nicht mehr mit, da die Betäubung inzwischen zu wirken scheint. Die ganze Situation war so nicht geplant, zwei verletzte Kommissare und einen Kollegen der Bundespolizei mit einem Schuss aus nächster Nähe in den Bauchbereich. Trotz Schutzweste ist es eine sehr schmerzhafte Angelegenheit, und der Kollege wird es sicherlich noch ein paar Tage deutlich spüren, denkt Christian. Ein Blick auf die Zeugen lässt ihn trotz seiner Schmerzen eine große Erleichterung spüren. Sarah, wie auch Roman, scheint es zumindest körperlich gut zu gehen. Selbstverständlich sind die beiden mit der Situation total überfordert, und Sarah weint. Die Zeugen sind jedoch unverletzt geblieben und werden in diesem Moment von den Beamten der Bundespolizei befreit. Sie geben sich ihnen als die „Guten" zu erkennen und informieren Herrn und Frau Müller darüber, dass die beiden nun per Helikopter in ein sicheres Versteck geflogen werden. Christian kann zur Zeit nichts hören, und so fällt es ihm auch schwer, die richtige Lautstärke für seine Worte zu finden. „Herr und Frau Müller, wenn Sie mich hören können, nicken Sie bitte kurz, denn ich bin momentan leider gehörlos." Die Zeugen schauen ihn verunsichert an. „Alles ist in Ordnung, die

Bundespolizei wird Sie beide nun in ein sicheres Versteck fliegen. Offiziell werden Sie bei einem Verkehrsunfall ums Leben gekommen sein!" Christian Kraufer kann nicht hören, dass Sarah energisch protestiert, während Roman versucht, sie zu beruhigen. „Meine Eltern dürfen nicht denken, dass ich gestorben bin, meine Mutter bringt sich nachher noch um", Sarah schluchzt. Doch in diesem Augenblick nehmen die Soldaten die Zeugen samt ihrem Gepäck mit und verschwinden aus dem Sichtfeld des Hauptkommissars. Das ist auch das letzte Mal, dass Christian die Beiden sieht, denkt er und ruft ihnen noch hinterher, „alles Gute!" Der Helikopter startet in die kalte und dunkle Nacht, während es dem Heidlaufener Hauptkommissar ewig lang vorkommt, bis ihm endlich jemand zu Hilfe kommt. Er hat große Schmerzen im Kopf, auch kracht und piept es gleichzeitig in seinen Ohren. Ein Notarzt und ein Sanitäter kümmern sich um seine Kollegin und ihn. Marianne wird am Kopf genäht und erhält danach einen breiten Verband. Sie bekommt nichts mit von dieser ganzen Situation, da ihr Narkotikum noch ein paar Stunden wirken wird. Wenn sie dann später im Krankenhaus erwacht, wird man ihr erzählen, dass sie sich die Verletzungen bei einem schweren Autounfall kurz vor Bremen auf der Autobahn zugezogen hat. Leider seien die beiden Zeugen bei diesem Unfall verstorben, wird sie zu hören bekommen. Der Staatsanwalt war sich ganz sicher, dass es so die beste Möglichkeit sei, die Zeugen lebend verschwinden zu lassen, zumindest bis zur Verhandlung. Erst als der Oberstleutnant dazu kommt, während der Notarzt Christian untersucht, wird offenbar das Ausmaß seiner Verletzungen bewusst. An ihren Augen kann der Hauptkommissar erkennen, dass es ihn schwerer erwischt haben muss als geplant. Er erhält mehrere Handzeichen, versteht aber nicht alles, danach muss er sich auf eine Trage legen und erhält einen Tropf. Daraufhin verliert auch er kurze Zeit später sein Bewusstsein. Um dieses Szenario zu inszenieren, musste die Autobahn beidseitig gesperrt werden, und das möglichst so unauffällig, dass Kommissarin Marianne Falkenstein es nicht bemerken würde. Bis die Informationen des schweren Unfalls auf der Autobahn 1 Richtung Bremen bis zur Presse vordringen, wird genau so viel Zeit vergehen, bis die Spuren des Unfalls restlos beseitigt seien. Die Planung des Staatsanwalts sieht vor, dass dieser Unfall in allen Zeitungen groß erscheinen wird. Die entsprechenden Vorbereitungen und Pressemitteilungen liegen bereits vor, momentan allerdings noch unter strengem Verschluss. Dass beide Kommissare nun verletzt seien, hält der leitende Staatsanwalt einerseits für sehr bedauerlich, doch andererseits macht es den Unfallhergang deutlich glaubwürdiger. Allerdings sieht er sich jetzt gezwungen, eine weitere Person in das ganze Tatgeschehen zu involvieren, da der Heidlaufener Hauptkommissar für einen längeren Zeitraum ausfallen wird, wenn nicht sogar vorzeitig in Pension geschickt werden muss. Es ist jetzt halbsechs Uhr morgens, in Anbetracht der hohen Sicherheitsstufe entschließt sich der Staatsanwalt, die Heidlaufener Oberkommissarin, Frau Andrea Meiller, zu dieser frühen Stunde anzurufen und schnellstmöglich zu einem persönlichen Gespräch in sein Büro zu bitten.

„Guten Morgen, Frau Oberkommissarin Meiller, Staatsanwaltschaft Heidlaufen. Entschuldigung für die frühe Störung, aber in Anbetracht der Umstände, bitte ich Sie zu einem persönlichen Gespräch um Punkt sieben Uhr in meinem Büro in der Konsaliusstraße. Schaffen Sie das?" „Ja, schaffe ich, bis gleich." Andrea ist für den Moment ganz durcheinander und fragt sich, ob sie das nun geträumt hat oder ob der leitende Staatsanwalt sie tatsächlich eben um kurz nach halbsechs Uhr morgens angerufen habe. „Es wird schon stimmen", denkt sie, denn das Telefon hat sie schließlich noch in der Hand. Leise schleicht sich die Kommissarin aus dem Haus. Sie muss kratzen, eine Eisschicht hat sich heute Nacht auf den Autofenstern verteilt, und sie hofft, dass die Nachbarn nicht durch diese lauten „Krrrrrrrrrr, Krrrrrrrrrrrr, Schschschsch, Krrrrrrrr"-Geräusche des Eiskratzens wach werden. Nicht, dass es keine Garage an der Villa gibt, doch die ist bis oben hin mit Gartenmöbeln gefüllt. Zum Glück hat Andrea so rechtzeitig das Haus verlassen, dass sie pünktlich um sieben Uhr zu ihrem Termin erscheint. „Setzen Sie sich bitte, Frau Oberkommissarin! Leider ist nun bei der Zeugenüberführung nicht alles so verlaufen, wie wir es akribisch geplant hatten." Andrea erschreckt sich bei dieser Aussage ihres Gegenübers und schaut ihn fragend an. „Nun, alle sind am Leben, die Zeugen sind unverletzt geblieben und inzwischen auch sicher in ihrem Versteck angekommen. Dort werden Herr und Frau Müller bis zu der großen Verhandlung bleiben, wenn nichts Unvorhergesehenes dazwischen kommt." „Was ist mit meinen Kollegen?" Andrea ist sehr nervös, während sie auf einen

186

stirnrunzelnden Staatsanwalt blickt. „Nun, das ist etwas komplizierter. Frau Kommissarin Falkenstein hat sich eine Platzwunde an der linken Kopfseite zugezogen. Da sie zum Glück vorher von ihrem Kollegen und Chef, Hauptkommissar Kraufer, narkotisiert wurde, hoffen wir, dass sie sich an die genauen Geschehnisse nicht mehr erinnern wird. Es ist jetzt ihre Aufgabe, ihre Kollegin davon zu überzeugen, dass sie bei einem Verkehrsunfall am Kopf verletzt wurde und ein paar Stunden bewusstlos war. Was ich Ihnen jetzt sage, müssen Sie bitte verinnerlichen. Auch dürfen Sie mit keiner anderen Person, außer ihrem Hauptkommissar, darüber sprechen." Andrea unterbricht ihn: „Wie geht es Hauptkommissar Kraufer?" „Dann will ich Ihnen zuerst diese Frage beantworten, bevor ich fortfahre." Er schaut sie eindringlich an. „Der leitende Hauptkommissar wurde durch einen unmittelbar neben seinem Gehörgang ausgeführten Schuss, übrigens von ihrer Kollegin, da komme ich gleich noch einmal darauf zurück, schwer verletzt. Derzeit ist sein Gehör so stark geschädigt, dass er nichts hören kann. Er soll aber in den nächsten Stunden operiert werden. Wenn alles gut geht, wird sein linkes Ohr sich schnell wieder erholen. Für sein rechtes Ohr ist Mitte Januar eine weitere Operation für ein Implantat geplant." Sie unterhalten sich noch ein paar Minuten über die verletzten Kollegen, bevor der Staatsanwalt noch einmal sehr direkt wird. „Frau Meiller, ich übertrage Ihnen nun kommissarisch", kaum hat er dieses Wort ausgesprochen, lächelt er sogar für einen ganz kurzen Moment, „die Leitung des Kommissariats. Es ist nicht ausgeschlossen, dass

Hauptkommissar Kraufer erst in einem Vierteljahr wieder zurück an seinen Dienstplatz kommen wird. Im allerschlimmsten Fall, wovon wir derzeit nicht ausgehen, muss er früher pensioniert werden." Andrea ist sichtlich mitgenommen, diese ganzen Informationen zu verkraften fällt ihr schwerer, als sie sich eingestehen will. „Ach, Frau Oberkommissarin, da ist noch etwas", sie zuckt leicht zusammen, „offiziell sind heute Nacht beide Zeugen bei einem schweren Verkehrsunfall um das Leben gekommen. So wird es in Kürze durch sämtliche Medien gehen. Bitte sorgen Sie dafür, dass Kommissarin Marianne Falkenstein auch darüber informiert wird. Am besten durch Sie persönlich. Oh, ganz wichtig, besuchen Sie auch bitte heute noch die Familie Mirkowsky und teilen Sie ihr mit, dass ihre Tochter leider heute Nacht bei einem Verkehrsunfall ums Leben gekommen sei. Nach abschließender Untersuchung des genauen Tathergangs werden wir ihnen dann die Urne zur Verfügung stellen." „Das geht so nicht. Ich bin selbst Mutter. Ich kann nicht dafür verantwortlich sein, dass Frau Mirkowsky eventuell Suizid begeht oder die Ehe der Eltern auseinander bricht. Gibt es nicht eine andere Lösung?" Der Staatsanwalt holt ganz tief Luft, bevor er antwortet. „Sie wissen, was von den Zeugenaussagen alles abhängt? Haben Sie die Dimension verinnerlicht, Frau Oberkommissarin?" „Ja, das habe ich. Bitte lassen Sie mich den Eltern die Situation so erklären, dass sie damit leben können. Ich werde die Bedeutung ihres Schweigens deutlich machen so wie auch die Gefahr für Sarahs Leben." Etwa dreißig Sekunden erhält sie keine Antwort auf das, was sie dem

Staatsanwalt gesagt hat. Dreißig lange Sekunden herrscht absolute Stille in diesem Büro, bevor er antwortet. „Gut, ich gebe das in Ihre Verantwortung. Wenn Sie einen Fehler machen, wird das Auswirkungen auf Ihre berufliche Zukunft haben. Sind Sie immer noch der Meinung, die Familie Mirkowsky einzuweihen?" „Ja, das bin ich." Als Andrea das Büro des Staatsanwalts wieder verlässt, ist ihr ganz flau, sogar ihre Knie zittern etwas. Sie ist so erledigt, dass sie beschließt, nach Hause zu fahren, um sich noch einmal für eine Stunde hinzulegen, bevor sie dann ins Krankenhaus fahren wird. Tatsächlich schafft es Andrea, umgehend wieder einzuschlafen, doch dann schreckt sie hoch. „Alex bekommt heute Ferien", schießt es ihr durch den Kopf. „Oh, er hat noch gar nicht gepackt, Jörg wird ihn sicherlich am Nachmittag schon abholen für die Harzreise. Ich habe seine Lieblingsshirts vergessen zu waschen." In Windeseile zieht sie sich an und rennt die Treppe zu ihrer Schwiegermutter hinunter, um dann zu erfahren, dass die Oma für die Reise schon gewaschen und gebügelt hat, und zwar für den Enkel sowie auch für den Sohn. „Danke, wenn ich dich nicht hätte", sie drückt ihre Schwiegermutter, was ansonsten eher selten vorkommt. Bevor Andrea das Haus verlässt, will sie sich noch von ihrem Sohn verabschieden und flitzt die Treppe zurück nach oben. Sehr zu ihrer Verwunderung sitzt Alexander in der Küche, die Kaffeemaschine blubbert, und er liest Zeitung. „Alex, guten Morgen, mein Schatz", sie zögert einen Moment, ob sie ihren großen Sohn nun umarmen soll oder nicht, da streckt er ihr schon die Arme entgegen, um die

Mama zu umarmen. „Tut mir leid, Mama, dass ich nun an Weihnachten nicht zu Hause bin, aber du hast ja Oma hier." „Ja, das stimmt", Andrea schreckt zusammen, als sie die Bilder eines schweren Verkehrsunfalls auf der Titelseite der Morgenzeitung sieht. „Ja, Mama, das waren Deine Kollegen oder?" Andrea sieht sofort, dass es sich um eine professionell ausgeführte Fotomontage handelt, die Schlagzeile ist jedoch fantastisch für den Zeugenschutz. *„Beide Hauptzeugen der Anklage bei einem schweren Verkehrsunfall verstorben! Kommt die Drogenmafia wieder einmal davon? Können die Morde im Heidlaufener Einkaufszentrum-Nord nun überhaupt noch aufgeklärt werden? Der Heidlaufener Hauptkommissar Christian K. liegt schwer verletzt im Krankenhaus, ebenso derzeit nicht vernehmungsfähig ist seine Kollegin, Kommissarin Marianne F.. Wir werden der Sache auf den Grund gehen und Sie, liebe Leser/innen, weiterhin auf dem neuesten Stand halten!"* „Mama, ich denke, wir sollten unseren Urlaub verschieben, die werden dich hier brauchen. Vielleicht können wir zwei dann ja über Ostern nach Mallorca fliegen?" „Vielleicht, das werden wir dann sehen. Verschieben wir alles auf die Osterferien, Dir und deinem Papa nun eine wunderschöne Männer-Wellness-Zeit und ein ganz herzliches Weihnachtsfest."

Als Kommissarin Marianne Falkenstein am frühen Morgen im Hospital wieder zu sich kommt, weiß sie im ersten Moment gar nicht, was passiert ist, noch wo sie sich befindet. Ihr Kopf schmerzt, und sie fühlt einen breiten Verband. Ganz langsam kommen die Gedanken an die Ereignisse des gestrigen Abends

zurück, und vor ihren Augen sieht sie ihre Dienstwaffe in ihrer Hand. Ein Adrenalinschub lässt ihren
Puls in die Höhe steigen, und sie bekommt Panik.
„Hilfe, Hilfe!" Eine Krankenschwester eilt zu ihr und
beruhigt sie. „Bleiben Sie ruhig! Frau Falkenstein, es
ist alles in Ordnung, Ihre Werte sind gut. Morgen dürfen Sie wieder nach Hause." „Wo ist mein Kollege?",
fragt sie und weiß nicht, ob sie jetzt nach Christian
Kraufer oder Andreas Meier fragen soll. „Wo bin ich
denn hier? In welcher Stadt?" „Oh, Sie hatten einen
schweren Verkehrsunfall auf der Autobahn und sind
jetzt hier im Bundeswehrkrankenhaus Heidlaufen."
„In Heidlaufen? Das verstehe ich nicht, kann ich mit
meinem Kollegen sprechen?" „Herr Kraufer befindet
sich gerade im Operationssaal, vor heute Nachmittag
können Sie ihn nicht sehen. Ist sonst noch etwas, ich
muss weiter", sagt die Schwester hektisch. „Ein Telefon, bitte!" „Ich komme später wieder, schlafen Sie
noch ein paar Stunden, es ist erst halb fünf Uhr morgens." Marianne will nicken, das hätte sie lieber bleiben lassen, denn unmittelbar bei dem Versuch, ihren
Kopf zu bewegen, durchzuckt sie ein stechender
Schmerz über der linken Schläfe. Sie versucht sich zu
konzentrieren, doch es fällt ihr schwer. „Was ist nur
mit Sarah und Roman? Hoffentlich geht es ihnen
gut", denkt die Kommissarin, bevor sie tatsächlich erneut einschläft. Als sie die Augen wieder öffnet, steht
Andrea Meiller mit einem kleinen Blumenstrauß vor
ihrem Bett. „Oh, ich wollte dich nicht wecken, Gute
Besserung! Ich hole schnell eine Vase." Marianne
freut sich über Andreas Besuch, sie hat so viele Fragen
an ihre Kollegin. „Woher weißt du denn, dass wir hier

sind?" fragt sie Andrea, nachdem diese die Vase auf dem kleinen Tischchen abgestellt und einen Stuhl neben Mariannes Bett platziert hat. „Der leitende Staatsanwalt hat mich heute Morgen um sieben Uhr zu sich zitiert". Sie senkt den Kopf. „Das ist alles so fürchterlich, Marianne, kannst du mir die Ereignisse aus Deiner Sicht erzählen?" „Ich weiß gar nicht genau, was alles passiert ist und wie es den anderen geht. Ich weiß nur, dass Christian gerade operiert wird, oder vielleicht ist er jetzt auch schon fertig operiert worden, ich bin ja noch einmal eingeschlafen. Weißt du, Andrea, ich wollte eigentlich, ich kann mich nicht genau erinnern. Ich glaube, ich habe geschossen." Andrea versucht, ruhig zu sprechen, doch es fällt ihr schwer. „Euer Fahrzeug hatte einen schweren Unfall auf der Autobahn, beide Zeugen haben es nicht überlebt." Andrea senkt den Kopf erneut, dieses Mal, weil sie ihre Kollegin in Bezug auf die Zeugen anlügen muss. „Christian hat es leider schwerer erwischt", sie macht eine Pause und putzt sich die Nase. „Sie mussten ihn operieren, um sein Gehör zu retten. Es steht noch nicht fest, ob er wieder arbeiten kann oder vorzeitig in Pension gehen muss." Marianne ist ergriffen und leicht verwirrt von den Worten Andreas, und fragt mit zittriger Stimme, wie das denn sein kann, mit dem Unfall. Sie kann sich gar nicht genau daran erinnern. „Ich habe Sarah doch noch lebend gesehen. Stimmt das wirklich, dass sie tot ist?" Andrea erinnert sich an die eindringlichen Worte, welche der Staatsanwalt an sie gerichtet hat und antwortet ihrer Kollegin. „Ja, Sarah ist genauso wie auch Roman bei eurem schweren Verkehrsunfall ums Leben gekommen."

Als Marianne die Bedeutung dieses Satzes bewusst wird, fangen ihre Ohren leicht an zu piepen, auch stellen sich die kleinen Haare auf ihren Unterarmen auf, und sie fängt an zu zittern. „Mir geht es nicht gut", sagt sie und übergibt sich. Andrea springt auf und holt die Schwester, die sofort nach einem Arzt ruft. Andrea muss das Zimmer verlassen und verspricht am Abend noch einmal wieder zu kommen.

Aus der Sicht von Sarah Mirkowsky:

Heute haben mich die Kommissare zum großen Zeugentransport abgeholt. Der nette Polizist kam angerannt und wollte mich beschützen, bis er gemerkt hat, dass seine Kollegen mich abholen. Ich war ganz aufgeregt, denn ich wusste, dass ich Roman endlich wiedersehen werde. Ich habe einen neuen Personalausweis erhalten, Julia Müller soll ich für die Zeit im Zeugenschutz heißen, oder zumindest solange, bis wir in unserem Quartier ankommen. Roman hat zu mir gesagt, dass er mich liebt, das macht für mich alles nur noch viel schlimmer. Er hat zwar ganz leise gesprochen, doch ich habe es genau verstanden. Wahrscheinlich ist er davon ausgegangen, dass ich schon geschlafen habe. Kurze Zeit später gab es einen Knall, und unser Fahrzeug ist umgekippt. Ein darauf folgender Schuss hat mich vor Panik erstarren lassen. Ich glaube, unsere Beschützer von der Kripo haben sich beide verletzt, das tut mir sehr leid. Roman und ich sind dann mit einem Hubschrauber in unser kleines Versteck auf eine Nordseeinsel geflogen worden. Im Nachhinein haben wir erfahren, dass der Flug gar nicht so ohne war, da die Witterungsverhältnisse schlecht waren. Hier ist es richtig romantisch, ich komme mir vor wie im Urlaub. Wir sind in einem wunderschönen Ferienhaus mit Meerblick und Whirlpool. Nur dass wir hier nicht alleine sind, drei Beamte in Zivil sind immer um uns herum. Einer von ihnen ist meistens draußen, auch nachts, und das bei der Kälte. Roman hat heute zum Frühstück richtig cool ausgesehen. Er hat so ein altes, verwaschenes T-Shirt vom Wacken-Open-Air an. Seine Haare sind leicht zerzaust, ich glaube, ich kann seinem Charme nicht mehr lange widerstehen. Noch sind wir in zwei Zimmern untergebracht, ich fühle mich wieder zurück versetzt in meine Teenagerzeit. Was ich nicht so toll finde, ist, dass heute in der Zeitung steht, dass wir bei einem Verkehrsunfall ums Leben gekommen sind. Ich mache mir große Sorgen um meine Eltern. Der Oberstleutnant hat uns eine Predigt gehalten. Ich habe richtig Angst vor ihm bekommen und vor dem, was er Roman und mir alles erzählt hat. Praktisch sind wir hier jetzt für die nächsten Monate gefangen und dürfen bis zu der Verhandlung keinen Kontakt zu anderen Personen aufnehmen. Es ist ein ganz merkwürdiges Gefühl, so ohne Handy. Mama hat mir den ersten Harry-Potter-Band eingepackt, den habe ich vor fast zwanzig Jahren als Teenager gelesen, aber ich freue mich schon darauf, ihn erneut zu lesen, wenn ich denn überhaupt zum Lesen komme. Ich weiß nicht, was die nächsten Wochen alles passieren wird, vielleicht entscheide ich mich sogar dafür, bei Roman zu bleiben. Ich meine so für immer und mit allem, was dazu gehört. Ich bin gespannt, ob wir zueinander passen werden. Morgen ist Heiligabend, das ist unser erstes gemeinsames Weihnachtsfest, ich bin so aufgeregt. Trotz dieser schlimmen Situation freue ich mich sehr auf eine glückliche Zukunft.

Im Präsidium hat Polizeioberkommissar Martin Simmels seine Kollegen zusammengetrommelt, um eine Besprechung abhalten zu können. Nun sitzen die Kommissare ohne Christian und Marianne in der Runde, immer noch sichtlich geschockt über die Ereignisse der letzten fünfzehn Stunden. Andrea berichtet von ihren Eindrücken aus der Klinik. „Ich war heute Morgen kurz bei Marianne, nachher fahre ich aber noch einmal ins Krankenhaus, auch um mich nach Christian zu erkundigen. Was wir jetzt wissen, ist, dass die beiden Zeugen bei dem Verkehrsunfall auf der Autobahn ums Leben gekommen sind." Dieser Satz fällt der Oberkommissarin besonders schwer, weil sie damit gezwungen ist, ihre Kollegen zu belügen. Martin Simmels lenkt für einen Moment ab. „Stellt euch vor, der Bürgermeister hat vorhin hier angerufen. Frau Poch-Laret hatte einen Nervenzusammenbruch und hat daraufhin die Zusammenarbeit mit der Stadt Heidlaufen fristlos gekündigt. Sie dürfte sich jetzt schon auf dem Weg zurück in ihre alte Heimat befinden, nach Frankreich. Ihre Sekretärin, Frau Brunckhorst, soll nun übergangsweise die Leitung übernehmen. Vorsichtshalber wird ein durch den Bürgermeister beauftragter Schließdienst alle Schlösser austauschen. Für uns ist nur wichtig, dass wir vermehrt Streife fahren lassen, die Einnahmen der Läden sind vor Weihnachten enorm hoch, wie wir ja schon wissen." Andrea bietet sich an, nach dem Besuch bei Familie Mirkowsky noch einmal im EKZ-Nord vorbei zu fahren, um dann kurz mit Frau Brunckhorst zu sprechen. Die Besprechung wird beendet, und die meisten anwesenden Beamten werden auf Abruf in den Weihnachtsurlaub geschickt. Lilian bittet ihre Kollegin Andrea, ihr zwei Gutscheine über jeweils fünfzig Euro vom EKZ-Nord mitzubringen, das würde ihr sehr helfen, da sie irgendwie gar nicht dazu gekommen ist Weihnachtsgeschenke einzukaufen. Andrea ist von dieser Idee angetan. „Klar, das ist gar kein Problem, im Gegenteil, vielleicht auch eine gute Idee für meine Schwiegermutter, bis später dann. Falls etwas sein sollte, im Krankenhaus kommt das Handy aus, ansonsten bin ich zu erreichen." Sie verabschiedet sich, um endlich zu Familie Mirkowsky zu fahren. In dem Moment, als Andrea die Wohnung betritt, ahnt Sarahs Mutter, was geschehen ist, und setzt sich im Flur auf die kleine Kommode, obwohl nur zwei Meter weiter ein Stuhl steht. „Ist etwas mit Sarah passiert? Nicht etwa der Verkehrsunfall gestern Abend? Bitte nicht." Andrea bittet die Mutter, sich in das angrenzende Wohnzimmer zu begeben. Gestützt von der Kommissarin setzen sie sich gemeinsam auf die Sitzgarnitur. „Ist Ihr Mann auch anwesend?", fragt sie behutsam. „Nein, der ist auf der Arbeit." „Können Sie mir bitte die Telefonnummer Ihres Mannes geben?" Sie greift nach dem auf dem Glastisch liegenden Telefon und drückt die Drei, danach hält sie der Oberkommissarin den Hörer hin. Nach einem kurzen Telefonat ist Herr Mirkowsky per Taxi unterwegs zu ihnen. Das darauf folgende Gespräch mit beiden Elternteilen ist hart und sehr anstrengend. Zuerst ist Andrea hin- und hergerissen, ob der Staatsanwalt nicht doch Recht haben könne und es besser für alle Beteiligten sei, wenn die beiden Zeugen auch für die Familie Mirkowsky verstorben seien. Als Mutter muss sie jedoch die Wahrheit sagen und den beiden Elternteilen eindringlich klarmachen, wie wichtig es jetzt sei, niemandem die Wahrheit über Sarah zu erzählen. Nicht einmal Robert, ihrem Bruder. „Er wird es später verstehen, Herr Mirkowsky, doch jetzt müssen Sie das Leben Ihrer Tochter retten, indem Sie sich genau so verhalten, wie ich Ihnen das erklärt habe. Oder wollen Sie dafür verantwortlich sein, dass Ihre Tochter von den Verbrechern gefunden und zum Schweigen gebracht wird?" Das Gespräch ist anstrengend, und Andrea ist nervlich sehr angespannt. Frau Mirkowsky lenkt ein: „Vielen lieben Dank, Frau Meiller", sie weint, „wenn Sie nicht hergekommen wären, um uns die Wahrheit zu sagen, wäre ich zusammengebrochen. Das hätte ich nicht verkraftet." Ihr Ehemann nimmt seine Frau in den Arm. „Es ist gut, dann soll es so sein. Sie können sich auf uns verlassen, wir halten dicht. Entschuldigung, wir wollen doch auch nur, dass es Sarah gut geht."

Auf dem Weg zum Einkaufszentrum wird Andrea geblitzt. „Oh, NEIN, nicht schon wieder! Irgendwann nehmen sie mir noch den Lappen weg." Auch jetzt gegen zwölf Uhr ist es fast schon unmöglich, noch einen Parkplatz im Parkhaus zu bekommen. Am dreiundzwanzigsten Dezember herrscht im EKZ-Nord offenbar Ausnahmezustand. Die Schlange an der Information ist sehr lang, doch da die Gutscheine des

Zentrums ausschließlich hier ausgegeben werden, reiht Andrea sich ein und wartet. Sie überlegt, ob ein Gutschein nicht auch ein schönes Geschenk für Sabine Kraufer sei, da Christian höchstwahrscheinlich ja noch gar nicht dazu gekommen ist, ihr ein Geschenk zu besorgen. Die Oberkommissarin kommt zu dem Entschluss, vier Gutscheine zu besorgen, um damit das Thema „Weihnachtsgeschenke" als erledigt abhaken zu können.

Im Obergeschoss befindet sich ein kleines Reisebüro, vielleicht schaut sie nachher noch einmal dort vorbei, um einen Osterurlaub zu buchen. Plötzlich wird sie von einer Verkäuferin angesprochen, die Träumerei über den bevorstehenden Urlaub hat die Zeit verfliegen lassen. Wunderhübsch werden die Gutscheine verpackt, und Andrea strahlt, als sie sich auf zum Büro des Einkaufszentrums macht. Glücklicherweise trifft sie die ehemalige Sekretärin von Frau Poch-Laret und wird prompt ins Büro gebeten. „Frau Kommissarin, gut dass Sie da sind. Ich soll das EKZ-Nord vorübergehend leiten." Es scheint alles in Ordnung zu sein. Andrea erfährt, dass der Wachdienst derzeit vierundzwanzig Stunden täglich anwesend ist, nachts natürlich nur in Notbesetzung. Außerdem hat der Bürgermeister ihr erzählt, dass die Polizei in diesen Tagen vermehrt Streife fahren wird. Andrea kann nach dem Gespräch mit Frau Brunckhorst beruhigt das Einkaufszentrum verlassen. Die Beamtin verabschiedet sich und fährt zum Bundeswehrkrankenhaus, um dort zu erfahren, wie es ihren Kollegen inzwischen geht. Sie hofft sehr, dass sie sich überhaupt mit Christian unterhalten kann, für alle Fälle steckt die Oberkommissarin ihr kleines Tablet in ihre Handtasche. Andrea benutzt eher selten eine Tasche, in diesem Fall kann es jedoch sehr von Nutzen sein, befürchtet sie. Im Krankenhaus wird sie direkt nach dem Betreten zu einem Gespräch mit dem Oberstleutnant gebeten. Ein junger Soldat begleitet die Oberkommissarin in ein Nachbargebäude auf direktem Weg zu ihrer Unterredung. Nach dem Klopfen an die Tür öffnet der Oberstleutnant persönlich und nimmt die Beamtin in Empfang, danach salutiert er kurz mit dem Soldaten und bittet ihn, im Flur auf den Gast zu warten. „Frau Oberkommissarin Meiller, wie ich gehört habe, sind Sie im Bilde, was die Ereignisse der letzten Nacht betrifft." Er schaut sie mit einem stechenden Blick an und der Kommissarin bleibt nichts anderes übrig, als sich unterzuordnen. „Ja, das bin ich. Allerdings bin ich nicht im Bilde, was den Gesundheitszustand der verletzten Personen betrifft?" „Wie Sie wissen, sind die Zeugen der Anklage offiziell heute Nacht bei dem Verkehrsunfall verstorben. Nicht einmal Kommissarin Falkenstein ist über die wirklichen Ereignisse informiert. Sie hat vor der Übernahme der Zeugen durch die Bundespolizei das Bewusstsein verloren und soll nun zu ihrer Sicherheit in dem Glauben bleiben, dass sie sich bei dem Unfall auf der Autobahn verletzt hat." Der Oberstleutnant schaut die Kommissarin erneut mit einem stechenden Blick an. „Wenn es nach mir gegangen wäre, hätten wir Sie, Frau Oberkommissarin Meiller, gar nicht mit einbezogen in die Geschehnisse der letzten Nacht. Der Herr Staatsanwalt hielt das aber für notwendig. Ich hoffe sehr, dass er sich da nicht geirrt hat. Je weniger Personen involviert sind, um so sicherer ist es, dass der Prozess für Recht und Ordnung sorgen wird. Ihnen ist klar, dass Sie sich strafbar machen, sollten Sie ihr Wissen nicht für sich behalten?" „Äh," Andrea würde am liebsten Klartext mit ihrem Gegenüber reden. Sie ist aber zu intelligent, um sich jetzt auf eine Diskussion mit ihrem Gesprächspartner einzulassen. „Ja, das ist mir selbstverständlich klar." Andrea ist froh, als sie sich wieder auf dem Weg, zurück zum Krankenhaus befindet. Ihr ist warm geworden bei dem Oberstleutnant im Zimmer, oder, sollte sie besser sagen, in seiner Zelle? Gitter sind jedenfalls vor seinen Fenstern angebracht, jegliche Dekoration dagegen ist nicht vorhanden, nicht einmal ein Bilderrahmen mit einem Foto seiner Angehörigen. Andrea denkt über die Situation nach, während sie die Gänge zurück gehen. „Hm, Marianne weiß also nicht viel und soll vergessen, wie sie sich verletzt hat, und stattdessen verinnerlichen, dass sie einen Verkehrsunfall hatte. Sie weiß nicht, dass Roman Feuerbach und Sarah Mirkowsky noch am Leben sind. Für Marianne soll die Realität so sein, wie der Fall heute in der Zeitung steht." Endlich betritt sie das Krankenhaus erneut, nun darf sie auch weiter gehen in Richtung der verletzten Personen. Mariannes Krankenzimmer befindet sich gleich am Anfang des langen Gangs, und so beschließt Andrea, zuerst mit ihrer Kollegin zu sprechen, vielleicht kann sie so ja auch schon etwas über Christians Gesundheitszustand erfahren. Freudig lächelt Marianne ihr entgegen, deutlich erkennt man, dass ihre linke Gesichtshälfte angeschwollen ist. „Ich darf morgen wieder nach Hause, vielleicht sogar schon heute Nachmittag", sie zögert etwas, bevor sie den nächsten Satz ausspricht. „Es tut mir leid, Andrea, ich bin bis zum neunten Januar krankgeschrieben, das ist ein Montag." „Ach, Marianne, mach dir darüber bitte keine Gedanken! Hauptsache, du wirst wieder gesund." „Aber du wolltest doch mit deinem Sohn wegfahren. Jetzt, wo Christian auch noch länger ausfällt." Mit großen Augen fragt Andrea nach: „Weißt du, was er genau hat?" „Nicht ganz genau, aber das eine Ohr ist fast taub, es fehlen noch weitere Untersuchungen. So wie es aussieht, wollen sie ihm im Januar ein Implantat einsetzen. Mehr kann ich dir leider nicht dazu sagen, aber er freut sich bestimmt über Besuch von dir." Ein paar Sätze sprechen die beiden Kommissarinnen noch über private Dinge, bevor Andrea sich auf den Weg zu Christian macht. Sie ist froh darüber, dass Marianne das Thema Sarah Mirkowsky nicht angesprochen hat, nur sehr ungern hätte sie ihre Kollegin diesbezüglich erneut angelogen. Christian sieht sehr schlecht aus, und Andrea erschreckt sich richtig. „Hallo Andrea, ich habe Probleme mit dem Hören." „Hallo Christian, geht es dir schon etwas besser?" Als Antwort bekommt sie nur ein paar Handzeichen, was so viel bedeuten soll wie „Ich verstehe dich nicht". Die Kommissarin setzt sich auf einen kleinen Hocker, welcher in der Nähe des Krankenbettes steht, und holt ihr Tablet aus der Tasche. „Was hast du denn jetzt vor?", fragt ihr Chef. Nachdem Andrea das Schreibprogramm gestartet hat, legt sie los und tippt wie wild: *„Hallo Christian, hoffe, dir geht es schon wieder besser. Ich bin involviert, der Oberstaatsanwalt hat mit mir gesprochen. Ich weiß*

Bescheid!" Sie hält ihrem Chef den Text unter die Nase, und er antwortet. „Ich bin vielleicht taub, aber sehen kann ich noch ganz gut, Andrea." Beide lächeln, und Christian spricht leise weiter. „Weißt du, wie viel Marianne noch mitbekommen hat?" Andrea tippt wieder: *„Nein, aber sie soll verinnerlichen, dass es einen Unfall auf der Autobahn gegeben hat, bei dem ihr beide verletzt wurdet und die Zeugen tödlich verunglückt seien. Es fällt mir nicht leicht, Marianne anzulügen, aber es muss sein."* Was schreibst du denn da alles, lass mal sehen, bitte." Christian liest die Zeilen von Andrea. „Ja, wir werden alle anlügen müssen. Was ist mit Frau Mirkowskys Eltern? Warst du bei Ihnen?" Andrea tippt und tippt, bevor sie ihrem Chef das Tablet reicht. *„Der Staatsanwalt wollte, dass ich ihnen erzähle, dass ihre Tochter tot sei. Ich habe im Vorwege lange mit dem Staatsanwalt diskutiert. Ich glaube, jetzt mag er mich nicht mehr. :-(Ich konnte das nicht zulassen, Christian. Ich bin selbst Mutter. Ich hatte Angst, dass Frau Mirkowsky sich wohlmöglich etwas antun könne, nach so einer Nachricht. Fazit: Ich habe es ihnen hoffentlich so mitgeteilt, dass die Eltern sich der Bürde der Verantwortung bewusst sind und zu 100 Prozent dichthalten".* „Andrea, kannst du deinen Urlaub nochmal verschieben, geht das?" Sie tippt: *„ Natürlich, aber freu dich nicht zu früh, dafür bekomme ich die kompletten Osterferien frei, Deal?"* „Deal, Andrea. Ach, kannst du mir bitte aus der kleinen Schublade mal zwanzig Euro …. Hallo Nele, Hallo Bine!" Andrea verabschiedet sich und verspricht, gegen Abend noch einmal nach ihrem Chef zu sehen. Als die Kommissarin das Zimmer verlässt hört sie noch, wie Daniela ihren Vater fragt, wie denn der

Unfall passiert sei. Nachdem sein Besuch das Zimmer wieder verlässt, beschließt Christian, für ein paar Minuten die Augen zu schließen. Er hat Kopfschmerzen und wenn er ganz ehrlich zu sich selbst ist, auch ein wenig Angst vor der Zukunft. „Ob ich je wieder richtig hören kann, ohne Schmerzen?" Zum Glück schläft er tatsächlich ein und wacht erst wieder auf, als der leitende Staatsanwalt versucht, sich mit ihm zu verständigen. Auf dem linken Ohr kann er schon wieder etwas hören, noch fühlt es sich jedoch so an, als sei sein Ohr voller Wasser, und er hört die ihm entgegen gebrachten Worte nur leise und dumpf wie aus der Entfernung. Es dauert eine Weile, bis Christian versteht, dass der Staatsanwalt ihn nach den zweitausend Euro fragt, welche er ihm vor Antritt der Zeugenfahrt ausgehändigt hat. „Sie müssen ganz langsam sprechen und etwas lauter, wenn Sie mir antworten wollen. Das Geld liegt in der Schublade, es ist vollständig." Für den Bruchteil einer Sekunde zögert Christian, doch dann sagt er: „Ich brauche aber zwanzig Euro davon. Ich muss nachher Schulden bezahlen." Sein Gegenüber schüttelt mit dem Kopf, und Christian wird leicht sauer. „Sie müssen mir das Geld ja nicht schenken, ich gebe es Ihnen zurück, oder ich überweise es Ihnen auch gerne." Nach langem Hin und Her und ein paar unangenehmen Missverständnissen aufgrund der eingeschränkten Konversationsmöglichkeiten zieht der Staatsanwalt seine eigene Geldbörse aus seiner Jackett-Innentasche und überreicht dem Hauptkommissar einen blauen Zwanzigeuroschein. „Anstatt Blumen", sagt er laut und deutlich mit einem Zwinkern. Christian hält das nicht für

Bestechung oder sonst irgendwie verwerflich und bedankt sich höflich. Der Staatsanwalt wird sich Anfang 2017 wieder mit ihm in Verbindung setzen und wünscht ihm weiterhin „Gute Besserung", bevor er das Krankenzimmer wieder verlässt. Jetzt ist er endlich in der Lage, Andrea nachher ihre achtzehn Euro für Bines Blumenstrauß zurück zu zahlen. „Das ist ja schon fast verjährt", denkt er, Christian hasst es, Schulden zu haben. Leider hat er sich eben zu doll aufgeregt und sein rechtes Ohr schmerzt mehr als je zuvor. Erst als Andrea zwei Stunden später den Raum betritt, entspannt er sich wieder. Bevor sie etwas sagen kann, streckt er ihr den Geldschein entgegen. „Stimmt so, für Bines Blumenstrauß. Tut mir leid, dass es solange gedauert hat." Die zwei Euro Wechselgeld von Andrea lehnt er energisch ab. Sie tippt derweil schon auf ihrem Tablet: *„Hast du schon etwas für Bine zu Weihnachten? Falls nicht, ich habe vorhin ein paar Fünfzigeuro-Gutscheine vom EKZ-Nord besorgt. Gerne gebe ich dir einen ab, nur wenn du magst".* Während Christian die Zeilen liest, holt sie einen der hübsch verpackten Gutscheine aus ihrer Handtasche. Ihr Chef zögert jedoch kurz, bevor er antwortet, und Andrea ist sich für den Moment nicht sicher, ob es vielleicht falsch gewesen sein könne, ihm das Geschenk anzubieten. „Danke, Andrea. Jetzt habe ich nur wieder das Problem, dass ich kein Geld mehr hier habe", sagt er leicht zerknirscht. Seine Kollegin tippt und lächelt dabei. *„Das macht doch gar nichts, kannst du mir dann nächstes Jahr geben".* „Danke, das ist wirklich ein super Geschenk, Bine geht bestimmt davon aus, dass sie gar nichts bekommt." Diesen Satz kommentiert Andrea lieber nicht. Sie tippt schnell noch ein paar Sätze, bevor sie sich ins Präsidium aufmachen will. *„Der Staatsanwalt hat mir mitgeteilt, dass der Richter dabei ist, alle Unterlagen zu sichten und dass die Verhandlung höchstwahrscheinlich schon Ende Januar beginnen wird. Ach, eine Sache noch, ich habe über Ostern vierzehn Tage Kreta gebucht für Alex und mich. Ansonsten wünsche ich euch „SCHÖNE WEIHNACHTEN", habe gehört, dass du morgen für ein paar Tage nach Hause darfst. Marianne ist überraschend auch schon entlassen worden."* Christian nickt und wünscht Andrea ebenfalls „Fröhliche Weihnachten". Er ruft ihr dann aber noch hinterher: „Andrea, komm bitte noch einmal zurück!" Sie dreht sich um, und er bittet seine Kollegin, ihr Tablet wieder aus der Handtasche zu holen. Dann tippt er: *„Bitte, lass uns bis zur Verhandlung das Thema Zeugenüberführung und alles, was dazu gehört, nicht mehr ansprechen. Lass uns vereinbaren, nie wieder darüber zu sprechen, wenn es nicht unbedingt sein muss! Es ist und war ab jetzt nur ein Verkehrsunfall!"* Andrea schreibt zurück: *„Ja, fest vereinbart!"*

Die Akte Soko EKZ-Nord wird vorerst geschlossen. Allen ermittelnden Beamten, die die Realität kennen, ist bewusst, dass Herbert Eichstätter sowie etliche Personen aus dem Drogenmilieu sich ihren gerechten Strafen nicht entziehen werden können. Immer vorausgesetzt, dass die doch so wichtigen Zeugen die nächsten Monate bis nach ihren vollständigen Aussagen vor Gericht überleben werden. Spätestens nach der Verhandlung und dem Bekanntwerden, dass die Zeugen noch am Leben sind, werden Hauptkommissar Kraufer sowie Oberkommissarin

Andrea Meiller sich vor ihren Kollegen erklären müssen. Ganz besonders vor dem darauffolgenden Gespräch mit Marianne graut es Andrea.

Im Präsidium ist es ruhig, und man wartet auf den nächsten Einsatz. Erfahrungsgemäß kann es nicht mehr lange dauern, denn über Weihnachten passieren nicht nur Dinge aus Liebe und Mitmenschlichkeit, sondern oft auch Taten aus Hass, Eifersucht, Neid und Habgier. Die nächste Herausforderung für die Kripo Heidlaufen wird mit Sicherheit wieder den bedingungslosen Einsatz seiner Ermittler fordern, und sie werden Ihr Leben erneut riskieren, um anderes Leben zu schützen.

Moin Moin,

liebe Leserinnen und liebe Leser,

jetzt interessiert mich aber sehr, für welches Ende Sie sich entschieden haben. Haben Sie einfach weiter gelesen oder nicht? Vielleicht haben Sie ja sogar beide Varianten gelesen. Da unsere Ermittler beschlossen haben, den Mantel des Schweigens über die Ereignisse des Zeugentransports zu legen, kann die zweite Folge der Kripo Heidlaufen unbeschwert beginnen. Ich bin mir noch nicht sicher, ob die Fortsetzung dieses Teams unmittelbar im Anschluss geschrieben wird oder ob eines meiner anderen Buchprojekte den Vorzug erhält.

Für mich wäre es super, wenn Sie sich beim Verlag auf www.bod.de registrieren und dieses Buch ehrlich bewerten würden. In allen anderen Portalen wäre jede einzelne Bewertung natürlich auch sehr wichtig. Dankeschön!

Vielen Dank von ganzem Herzen an alle, die mich bei der Verwirklichung der „Kripo Heidlaufen" unterstützt haben. Ihr seid KLASSE!

Ohne Sie als Leser/innen wäre dieses dritte Buch vielleicht nicht entstanden. Ganz lieben Dank für Ihre Lesetreue, fühlt euch einmal aus der Ferne gedrückt. Wer drückt, der kann auch duzen.

Passt gut auf Euch und andere auf, liebe Grüße
Susanne Gripp